그래도 감사합니다

감사로 세상을 헤쳐 나간 사람들의 **가슴 찡한 이야기**

그래도 *감사*합니다

초판 1쇄 발행 2020년 9월 15일
초판 2쇄 발행 2020년 9월 30일

지은이 | 김준수
펴낸이 | 김준수

펴낸곳 | 북센
등 록 | 제2018-000031호
주 소 | 서울특별시 양천구 지양로 15길 24, 101-311
전 화 | 02-6093-0999
이메일 | bookssen@naver.com

기 획 | 이명희
디자인 | 참디자인

ISBN 979-11-971578-0-6 〔03810〕

북센 북센은,
좋은 책을 만들어
우리가 사는 공동체를 한층 아름답고
행복하게 만드는 데 최선을 다하는 출판사입니다.
북센은 여러분에게 활짝 열려 있습니다.
북센과 함께 건강하고 행복하세요.

감사로 세상을 헤쳐 나간 사람들의 **가슴 찡한 이야기**

그래도
감사합니다

김준수 지음

북센

프롤로그

프롤로그를 보시는 독자님, 안녕하세요?
많고 많은 책들 가운데
이 책을 만져보고 계시군요.
반갑습니다.

이 책은 '감사'Gratitude에 관한 책이지요.
감사.
얼마나 많이 들어본 말입니까?
얼마나 많이 놓쳐 버린 생각입니까?

사느라 정신없이 바빠 죽겠는데,
"이건 또 뭐지?" 하며

뜨악해하는 분들도 있겠지요.
그럴 만도 합니다.
충분히 이해해요.

"감사하며 사는 게 어떻겠어요?"라는 권유는
어떤 사람들에게는 실례되는 말일 수도
있을 테니까요.

자기 몸뚱이 하나 앞가림하느라 여념이 없는
젊은이에게는
한가한 남의 얘기처럼 들릴지도 모를 일입니다.
산더미처럼 쌓인 일들과 시간에 쫓겨
좀체 마음의 여유가 없는 사람에게는
사치스런 얘기처럼 들릴지도 모를 일입니다.

하지만…….
하지만 말입니다.
그대 마음에 감사가 떠난다면 어떻게 되겠습니까?
민망하게도,
그때부터 당신은 인간 실격입니다.

아아! 그렇게는 되지 마십시오.
그대가 원래 원하던 삶은 이게 아니잖아요?

우리 삶은 늘 행복하지만은 않지요.
오히려 팍팍할 때가 많아요.
그럴 때면 울고 싶고 털썩 주저앉고 싶습니다.
모든 게 귀찮고, 의욕도 떨어지고,
사람도 꼴 보기 싫고, 세상도 꼴 보기 싫어
방문을 꼭꼭 걸어 잠그고
아무도 만나고 싶지 않습니다.

그렇게 우린
헤아릴 수 없을 만치 많이 좌절하고
넘어지고 실패했지요.
그런데, 신기하게도……아아, 정말 신기하게도
그때마다 당차게 일어섰습니다.

힘들고 지치고 무거워 다시는
못 일어날 것 같았지만,
또 다시 벌떡 일어선 이유는,
내 곁에 여전히 사랑하는 사람들이 있고

감사할 일들이 많기 때문입니다.
그리고 내 삶은 여전히 의미 있고
빛나기 때문입니다.

감사.
그것은 우리 삶에서 음식을 맛깔나게 하는
소금과 같은 것입니다.
그것은 상큼한 사과를 한 입 베어 물 때
입에 와 닿는,
달콤하고 향기로운 과즙 같은 것입니다.
그것은 또한 우리 생명을 살아 숨 쉬게 하는
호흡과 같은 것이고,
우릴 빛의 세계로 인도하는
기쁨의 사닥다리 같은 것입니다.

그래서 하는 말인데요…….
거친 세상을 헤쳐 나가는 그대여,
잊지 마세요.
'감사는 선택'이라는 것을!

어두운 창살 감옥에 갇혀 있더라도

감사가 넘친다면
그곳이 바로 천국이 됩니다.
호화로운 큰집에 산다고 하더라도 감사가 없다면
그곳이 바로 지옥입니다.

감사를 선택하느냐 불평을 선택하느냐에 따라
천국이 될 수도 있고
지옥이 될 수도 있는 것입니다.
행복해서 감사하는 게 아니라,
감사해서 우리는 행복합니다.

그러기에 '당신이 지금 얼마나 행복한가'는
'지금 얼마나 감사하고 있느냐' 하는 것과
같습니다.
17세기 영국의 저술가인 아이작 월튼Izaak Walton은
감사에 관해 이런 명언을 남겼습니다.

"신이 거하시는 데는 두 곳이 있다.
하나는 천국, 다른 하나는
부드럽고 감사하는 마음."

그렇습니다.
감사는 졸업장이 없습니다.
그것은 끝이 없는 과정입니다.

이 책에는 감사하는 마인드로
세상을 헤쳐나간 사람들의
가슴 찡한 이야기가 담겨 있습니다.
독자들은 이 책에서 작가 · 시인 · 정치인 ·
종교인 · 성악가 · 영화배우 · 탤런트 · 체육인 ·
평범한 시민 등
다양한 직업들을 가진 분들을
만나게 될 것입니다.

이분들은 어떠한 힘든 상황에서도
감사의 끈을 놓지 않았습니다.
좌절하거나 포기하지 않고 어떤 상황에서든
"그래도 감사합니다"하며 산 분들입니다.

이 책을 읽는 분들 모두 이들의
치열한 감사의 삶에 도전을 받아
자신의 삶을 진지하게 돌아보고,

나머지 생애를 아름답고 풍성하게
사시길 기대해 봅니다.

그런 점에서 이 책은 독자 한 분 한 분의
가슴에 오랫동안 간직할
소중한 선물, 훌륭한 스승이 되리라 믿습니다.
바라기는,
그대의 소중한 책꽂이에 오래오래
이 책을 꽂아놓고
틈틈이 시간을 내 꺼내어 읽어 보세요.
그대 인생에 잔잔한 변화가 일어나고,
행복은 찾아올 것입니다.

이 책을 내는 저는 특별한 감회가 있습니다.
그것은 제가 독립출판사를 만들어
맨 처음 출간하는 책이
바로 이 책이기 때문입니다.
출판사 이름은 '북센'입니다.
독자 제현의 많은 관심과 성원을 바랍니다.

자, 여러분!
그대의 심장을 날마다 감사로 고동치게 하십시오.
아침에 일어나면 그날 할 일들이 있음에
감사하십시오.
잃어버린 것들에 눈길을 돌리지 말고
남아 있는 것들에 감사하십시오.
복 받기를 원하거든
먼저 감사하는 사람이 되십시오.
삶에 감사가 넘쳐 여러분의 생애를
매 순간 최고가 되게 하십시오.

축복합니다.

2020년 7월 22일
지은이 김 준 수

차례

2 감사로
세상을 헤쳐 나간 사람들

감사는 엄마 품속에 잠든 아기가
새근새근하는 숨 같은 것

3 감사로
세상을 헤쳐 나간 사람들

감사(Thanksgiving)는 Thanks로
사례하고 Giving으로 주는 선물 같은 것

4 감사로 세상을 헤쳐 나간 사람들

감사는 메마른 밭고랑에
찬찬히 차오르는 단비 같은 것

감사로
세상을 헤쳐 나간 사람들

1

감사는 상쾌한 사과를 베어 물 때
입에 와 닿는 과즙 같은 것

01
넬슨 만델라

평화의 사도
27년 감옥생활을 마치고
나와서 내뱉은 첫마디는
'땡큐'

"나는 감옥에 있는 동안 신께 늘 감사를 드렸습니다.
하늘을 보면서도 감사하고, 땅을 보면서도 감사했습니다.
음식을 먹으면서도, 물을 마시면서도 감사했지요."

"롤리흘라흘라야, 이리 오렴. 네가 좋아하는 이야
기를 오늘도 해줄게."

이 말은 들은 어린 아들은 얼른 뛰어와 엄마의 무
릎에 앉았습니다. 엄마는 아들에게 아프리카 민담을
들려주기 시작했습니다. 며칠 전에도 들은 이야기이
건만, 아들은 잘 이해했다는 듯 눈을 반짝거리며 연신
고개를 끄덕였습니다.

"늙고 병든 여자가 앞을 지나가는 여행자에게 눈곱
을 닦아달라고 도움을 청했단다. 하지만 여행자는
눈곱이 덕지덕지 낀 늙은 여자의 눈길을 피해 모른
척 지나가 버렸지. 또 다른 여행자가 여자 앞을 지

나가게 되었어. 이번에도 가련한 여자는 여행자에게 자신의 눈곱을 닦아 달라고 부탁했단다. 그 여행자는 내키지는 않았지만, 늙은 여인의 눈곱을 닦아 주었지. 그러자 그 순간 여인은 젊고 아름답게 변신했단다."

어린 아들이 호기심 어린 눈으로 엄마를 보며 보채듯이 물었습니다.

"그래서 어떻게 됐어요? 엄마."
"하하, 여행자는 아름다운 여자와 결혼해서 행복하게 잘 살았단다. 너도 커서 이런 사람이 되거라."

엄마는 아들을 품에 안고 틈이 날 때마다 이 이야기를 들려 주었습니다. 롤리흘라흘라는 청년이 될 때까지 엄마가 들려 준 이야기를 가슴에 깊이 간직했습니다. 그는 대학을 졸업한 후 변호사가 되었고, 백인 정권의 흑백차별 정책에 맞서 투쟁하다가 27년 6개월을 감옥생활을 한 끝에 풀려나, 얼마 후 남아프리카공화국의 대통령이 되었습니다.

이 사람이 바로 넬슨 만델라입니다. 넬슨은 영국식 이름이고, 롤리흘라흘라는 그의 아버지가 지어준 아프리카식 이름입니다. 넬슨 만델라1918-2013는 남아프리카공화국의 인권운동가이자 최초의 흑인 대통령입니다. 세계 인권운동의 상징과도 같았던 그는 300년 동안 내려온 남아프리카공화국의 극단적 인종차별 정책인 '아파르트헤이트'Apartheid를 철폐한 공로로 노벨 평화상을 수상했습니다.

만델라의 찬란한 영광은 하루아침에 저절로 굴러온 게 아닙니다. 그것은 자기를 미워하고 핍박한 사람들을 진심으로 용서하고 넓은 가슴으로 껴안은 열매였습니다. 그는 인생의 숱한 역경과 굴곡을 헤치고 나가느라 셀 수 없이 많은 고통을 겪어야 했고, 그때마다 통한의 눈물을 흘려야 했습니다. 백인 정권의 인종차별 정책에 맞서 싸웠던 만델라는, 46세 되던 해에 무기징역을 선고받고 오랜 세월을 감옥에서 지내야만 했습니다. 감옥에서 나왔을 때 그의 나이는 어느덧 73세였습니다.

그럼에도, 만델라는 일평생 삶의 모든 순간마다

감사를 깨닫고, 감사하는 마음을 붙들려고 노력했습니다. 감옥에서도 감사할 일들을 발견하며 매 순간 감사하며 살았다고 합니다. 감사는 그를 사랑의 사람, 용서의 사람으로 점점 변화시켜 갔습니다. 감사할수록 모질고 거친 세상은 그에게 더욱 찬란하게 바뀌어 다가왔고, 그를 놀라운 기적의 자리로 이끌었습니다. 버겁고 잔혹한 운명은 그의 감사하는 마음, 그 위대한 능력 앞에 힘을 잃고 주저앉을 수밖에 없었습니다.

인권운동을 위해 변호사 직업을 포기하다

만델라는 남아프리카공화국에서 작은 부족의 족장 아들로 태어났습니다. 그는 대학에서 법학을 공부하고 변호사가 되었습니다. 그 무렵 공화국은 극심한 혼란에 빠져 있었습니다. 백인들이 무자비한 인종차별 정책을 펼쳐 흑인들을 잔혹하게 탄압했던 것이지요. 백인들은 삶의 모든 영역에서 흑인들의 권리를 무자비하게 앗아갔습니다. 흑인들은 인간으로서 당연히 누려야 할 모든 권리를 빼앗기고, 온갖 제약과 차별을 받으며 비참하게 살아가야만 했습니다.

혹독한 차별 정책에 대항하는 흑인들의 폭동은 그칠 줄 몰랐습니다. 그때마다 수십, 수백 명씩 무고한 시민들이 죽어 나가는 참극이 일어났지요. 만델라는 이 비참한 광경을 보며 더 이상 현실을 외면한 채 자신의 일신상의 안위와 미래만을 위해 살아갈 수는 없다고 결심했습니다. 그는 안정적인 변호사 직업을 포기하고 폭압적인 백인 정권에 맞서 싸우기로 했습니다. 그러고는 사회 변혁을 꿈꾸는 '아프리카 민족회의'ANC에 들어가 민주와 인권 회복을 위한 투사의 길에 뛰어들었습니다.

종신형을 선고받고 감옥에서 보내다

정치범 만델라는 지도자의 영광과 순교자의 후광을 동시에 안고 감옥에 들어갔습니다. 그러나 그를 기다린 것은 의젓한 그의 기를 무참히 꺾어놓고 남을 27년 동안의 어둡고 칙칙한 감옥살이였습니다.

케이프타운에서 서남쪽으로 약 12km 바다 밖으로 떨어진 로벤 아일랜드 섬의 감옥에 수감된 만델라는

1.5평도 채 안되는 독방에서 빠삐용처럼 옥살이를 하면서, 모진 고문과 강제 노역에 시달리며 살아야 했습니다. 그 악명 높은 교도소에서 그는 466/64라는 수인번호로 불렸습니다. 이것은 1964년 로벤 감옥에 수감된 466번째 죄수라는 뜻입니다.

어떤 작가는 외딴 섬에서 수형생활을 하며 고초를 겪은 만델라를 인간에게 불을 가져다 준 죄로 바위에 사슬로 묶인 프로메테우스로 묘사하기도 합니다. 코카서스의 가파른 바위에 쇠사슬로 묶여 날이면 날마다 낮에는 독수리에게 간을 쪼여 먹히고, 밤이 되면 간이 다시 회복되어 쪼여 먹히기를 반복함으로써 영원한 고통을 겪게 되는 프로메테우스같이, 당시 세계인들에게 만델라는 바깥세상을 영영 보지 못하고 차가운 감옥에서 생을 마감해야만 하는 비운의 존재로 비쳤습니다.

남아공 당국은 만델라에 대한 면회를 일절 허용하지 않았습니다. 그는 사랑하는 가족마저 만날 수 없었습니다. 늘 가슴 시리도록 가족을 그리워했지만, 그럴수록 그의 가족은 당국으로부터 호된 감시와 고통을 당해야만 했습니다. 만델라가 감옥 안에서 옥살이를 했다면, 가족들은 감옥 밖에서 옥살이를 했던 것입니다. 그것은 만델라에게도 가족에게도 천형(天刑)과도 같은 큰 고통이었습니다. 그 혹독한 투옥 기간 중 큰아들은 불의의 사고를 당해 세상을 떠났습니다. 아들의 마지막 길에서조차 아무것도 해줄 수 없었던 무력한 아버지는 차가운 감방에서 몇 날 며칠 통곡하며 울부짖었습니다.

어떤 일에든, 누구에게든 감사하기로 결심하다

이렇게 희망이라곤 1%도 없는 지옥 같은 감옥생활이었지만, 만델라는 결코 희망을 잃지 않았습니다. 언젠가는 두 발로 감옥을 걸어 나가 아프리카 대지를 걸을 것이라는 생각을 늘 가슴에 지니고 하루하루를 버텼습니다. 수감생활 초기 만델라는 혈기왕성했던 나이였기에, 이따금 마음속에 분노가 치밀어 오르면 신께 이렇게 질문했다고 합니다.

"저는 오직 정의를 위해서만 일생을 불태워 왔습니

다. 그런데 제게 일어난 이 일을 도대체 어떻게 해석해야 합니까? 당신의 뜻은 대체 무엇입니까?"

그때 그의 마음에 울려오는 신의 음성은 "용서하라"였다고 합니다. 그렇지만 백인들을 향한 깊은 원한과 분노는 좀처럼 사그라들지 않았지요. 그러던 그에게 차츰 변화가 오기 시작했습니다. 어느 날 그는 자신에게 일어난 모든 상황들에 대해 감사해보자고 결심했습니다. 눈을 열어 자신의 삶에서 일어나는 모든 상황에 감사하고, 마음을 열어젖혀 이 세상의 모든 것에 감사하기로 마음먹었습니다.

그러자 그의 마음은 점점 평온을 되찾아 갔습니다. 그리고 놀랍게도 그의 마음속에 백인들을 용서하고 싶은 생각이 깃들기 시작했습니다. 가뭄으로 쩍쩍 갈라져가는 땅에 한 줄기 두 줄기 생명의 단비가 내리기 시작하듯, 만델라의 메마른 마음에 하늘로부터 감사의 빗줄기가 한 줄기 두 줄기 내리기 시작했습니다. 시간이 지날수록 그의 마음은 장대비같이 내리는 감사로 흠뻑 젖어들었습니다. 만델라는 기쁨에 겨워 외쳤습니다.

"장대비야, 내려라. 주룩주룩 내려서 내 마음속 깊이 똬리를 튼 원한과 증오를 말끔히 씻어 내다오."

기적을 이끈 감사의 능력

원수들을 용서하는 마음이 생기자, 언제 그랬냐는 듯 만델라의 가슴에 켜켜이 쌓인 묵은 원한과 증오의 찌꺼기들이 흔적도 없이 사라지게 되었습니다. 만델라는 이 세상 모든 것을 감사의 눈으로 바라보기 시작했습니다. 자신에게 일어난 이해할 수 없는 상황조차 감사하는 마음으로 받아들이기 시작했습니다. 어두컴컴한 길에서 손전등을 켜야 비로소 꽃도 보이고 나무도 보이듯, 감사라는 찬란한 빛으로 사람과 사물을 대하니 비로소 세상이 보였던 것입니다.

만델라는 감사의 빛으로 부조리한 세상을 바라보기 시작했습니다. 감사한 일들이 밤하늘의 별들처럼 쏟아져 내리는 것을 마음의 눈으로 보기 시작한 것이지요. 현실은 어둡고 절망적인 감옥 안에 갇힌 자신이지만, 마음의 눈으로 앞날에 펼쳐질 찬란한 영광을 보게 된 것입니다.

감옥에 있는 동안 넬슨 만델라는 관용과 관대함, 조정과 통합 능력, 인내와 평정심. 객관적 판단력과 확고한 신념, 그리고 능숙한 말솜씨와 인간적 매력 등 지도자에게 필요한 자질을 갖추어 나갔습니다. 그가 겪은 고난의 시간은 오히려 단련의 시간이 되어 미래의 가슴 벅찬 여정으로 이끌었습니다. 환경을 초월하는 그의 감사 앞에 결국 절망은 힘을 잃어 비켜 갔고, 죽음은 감사라는 광휘로운 빛 앞에 벌벌 떨며 감히 다가올 엄두조차 못 내었습니다. 감사의 마음은 그렇게 만델라를 기적의 자리, 축복의 자리로 안내해 갔던 것입니다. 감옥에서 그는 살아 있는 전설이 되었습니다.

감옥을 나오면서 그가 한 첫 마디 말은 "땡큐!"

커다란 바위에 묶여 꼼짝없이 밤이나 낮이나 세찬 바람에 시달리며 지내야 했던 프로메테우스가 쇠사슬에서 풀려나 세상으로 다시 돌아온 것처럼, 넬슨 만델라에게도 자유의 서광이 비치기 시작했습니다. 그는 마침내 국제사회의 도움으로 1990년에 석방되었습니다. 44세 때 체포되어 46세 때 반역죄로 종신형을 선고받아 73세에 석방되었으니 27년 만에 풀려난 셈이지요. 만델라는 세 살 때 마지막으로 보았던 막내딸을 열다섯 살이 되어서야 볼 수 있었으며, 부인과는 21년 만에 재회할 수 있었습니다.

전 세계인은 만델라가 석방되던 날 기쁨과 함께 놀라움을 금할 수 없었습니다. 감옥에서 풀려난 그의 입에서 나온 첫 마디 말은 "땡큐!"였기 때문입니다. 만면에 미소를 머금은 채 "나는 아무도 원망하지 않습니다."라고 말하는 그에게서 세계인은 진정한 자유와 평화를 느꼈습니다. 73세 나이가 믿기지 않을 정도로 활기차고 건강한 모습인 만델라에게 한 기자가 물었습니다.

"보통 사람들은 5년만 수감생활을 해도 건강을 잃고 폐인이 되어 나오는데, 27년 동안이나 감옥에 계셨던 선생님은 어떻게 이처럼 건강할 수 있습니까?"

만델라는 태양처럼 빛나는 얼굴로 대답했습니다.

"나는 감옥에 있는 동안 신께 늘 감사를 드렸습니다. 하늘을 보면서도 감사하고, 땅을 보면서도 감사했습니다. 음식을 먹으면서도, 물을 마시면서도 감사했지요. 강제 노동을 나갈 때면 다른 죄수들은 원망스러운 마음으로 끌려갔지만, 나는 감옥보다 넓은 자연으로 나갈 수 있어서 감사했습니다."

그래요. 넬슨 만델라가 깨달은 감사는 행복의 모든 것입니다. 감사는 행복을 활짝 열어 주는 문입니다. 감사는 어둠에서 빛으로, 절망에서 희망으로, 저주에서 축복으로 인도하는 문입니다.

이렇게 감사는 천국으로 인도하는 계단입니다. 모든 종교는 감사를 대단히 중요하게 여기지요. 감사가 결핍된 신앙은 있을 수 없습니다. 그 말 자체가 괴상하기 짝이 없습니다. 감사 없는 신앙믿음은 아무리 애써봤자 모래 위에 성을 쌓는 거나 다름없습니다. 우리 모두는 감사함으로 축복의 문에 들어갑니다.

출옥 후 만델라는 자신과 흑인들을 괴롭힌 어느 누구에게도 복수의 칼을 들이밀지 않았습니다. 오히려 백인 정부를 용서하고 인종차별을 없애기 위해 공존을 추구했습니다. 그 공로로 그는 1993년에 노벨 평화상을 수상했습니다. 만델라는 자신이 상을 받은 것은 평화가 가져다 준 승리라고 하면서 "이제 세계의 모든 사람들이 흑인과 백인이 차별받지 않는 세상에서 천국의 아이들처럼 살아갈 수 있기를 희망한다."고 말했습니다.

다음 해 만델라는 남아공 최초로 흑인 대통령에 선출되었습니다. 그는 대통령이 된 후 관용과 화해로 흑백 공존시대를 열었고, 세계적인 지도자로 인정받게 되었습니다. 넬슨 만델라는 2008년 7월 12일 열린 연례 강연회에서 이렇게 말했습니다.

"아흔 살 먹은 노인이 이 자리를 빌려 부탁받지도
않은 조언을 하나 하자면, 여러분 모두는 나이에
상관없이 인간의 유대, 타인에 대한 관심을 기본적
인 인생관으로 삼으면 좋겠습니다."

마음속에 끓어오르는 원망과 증오를 잠재우고 "땡큐"라고 말할 수 있었던 넬슨 만델라! 만델라의 일생이 우리 마음에 큰 울림을 주는 이유는 일평생 감사하는 마음을 붙들고 실천한 데 있다고 할 수 있습니다. 그는 어둡고 비좁은 감방에서도 그의 자그만 가슴에 감사꽃을 활짝 꽃피웠습니다. 어떠한 극심한 역경과 고초 가운데서도 만델라는 결코 감사를 잃지 않았습니다. 상황이 나빠질수록, 앞이 안 보일수록, 그래도 그는 감사했던 거죠.

넬슨 만델라가 보여준 감사와 용서의 마음은 자신을 먼저 변화시켰고, 나아가 이 세상을 변화시킨 위대한 능력이 되었습니다. 우리나라에도 영감과 감사가 넘치는 넬슨 만델라 같은 지도자가 나오기를 꿈꿔 봅시다. 넬슨 만델라 같은 지도자가 등장한다면 정권이 바뀔 때마다 되풀이되는 보복정치는 없어질 테니까요. 나아가 뿌리 깊은 이념, 세대, 지역 갈등도 없어지지 않겠습니까?

02
이어령

지성의 사다리를 타고
영성의 지붕에 올라간
우리 시대의
멘토

"나는 할 일이 아직도 많아요. 예수님에게 생명이 있다는 것을
알리려고요. 나는 그저 찢기고 때 묻은 주님의 옷 끝자락, 질
질 끌려서 흙 묻은 주님의 옷 끝자락을 잡아드리는 마음으로
남은 삶을 살고 싶어요. 이건 딸 덕분이죠. 민아야, 아빠 잘할
게. 고맙다, 내 딸 민아야."

위아래 하얀색 옷에 검은색 모자를 쓴 8세 소년이 고요한 정적 속에 굴렁쇠를 굴리며 여백의 잔디밭을 내달리고 있습니다.

모든 아픔과 슬픔, 고통과 죽음을 잊고 영원한 생명과 평화를 향해 치달리는 듯한 이 모습은 88올림픽 개막식 영상입니다. 이 인상적인 영상은 올림픽 자문위원이었던 이어령 교수의 아이디어로 만들어졌습니다.

자타가 공인하는 우리 시대 최고의 석학 이어령 교수. 88올림픽 굴렁쇠 소년처럼 일생을 생명과 평화의 굴렁쇠를 굴리며 살아온 사람. 이 놀라운 천재는 올해로 어언 88년을 살아왔습니다.

이 시대를 사는 한국인들 가운데 이어령만큼 치열한 삶을 살고 눈부신 업적을 이룬 사람이 과연 있을까요? 그의 삶의 궤적은 그의 다양한 직업이 보여주듯이 학문과 현장을 현란하게 넘나들었습니다. 평론가, 언론인, 교수, 초대 문화부 장관 등등. 그만큼 다양한 영역에서 종횡무진 활약해 온 그는 명실상부한 현존하는 국보급 인물입니다.

신이 우리나라에 선물한 놀라운 크리에이터

이어령 교수는 지적 호기심으로 늘 새로운 일에 도전하는 창조적 개척자입니다. 그는 신이 우리나라에 선물한 크리에이터이자, 문화의 마법사이며, 언어의 마술사입니다. 그는 가히 한국 인문학의 최고봉이라고 할 수 있습니다.

그가 사물에 대해 말하면 사물이 꿈틀거리고, 단어에 대해 말하면 단어가 살아 움직이는 것 같습니다. 그는 지금까지 260여 권을 저술하며 놀라운 창작력을 보여주었습니다. 이 시대의 천재가 나이를 70세 하고도 중반에 이르러서 기독교에 귀의했다는 소식으로 많은 사람들을 놀라게 했습니다. 현재는, 불꽃 같은 열정으로 기독교 복음을 전하는 전도자처럼 제2의 인생을 살고 있다고 하니 짜장 놀라운 일이 아닐 수 없습니다.

이어령 교수는 원래 무신론자였습니다. 그동안 이 교수도 자신이 무신론자라고 여러 번 밝혀 왔습니다. 무신론자라고 호기롭게 큰소리쳤지만, 그의 내면에는 늘 구원과 영생에 대한 목마름이 있었습니다. 마침내 그의 차가운 지성은 사랑하는 딸로 인해 무너지고, 신을 인정하고 받아들이게 되었습니다. 이 교수가 절대자를 믿게 된 것은 일생일대의 사건이었습니다. 그에게 무슨 일이 있었기에 이런 대반전이 일어나게 된 것일까요? 그리고 제2의 인생을 살게 된 그에게 전도자로 살도록 인도한 힘은 무엇일까요? 이제부터 그 이야기를 해보겠습니다.

숙명적으로 타고난 천재성과 종교성

　이 교수의 천재성은 남달랐습니다. 그의 천재성은 숙명적으로 종교성과 결합되어 있었습니다. 그런 천재성과 종교성은 어릴 때부터 드러났습니다. 이 교수가 죽음에 대해 생각하기 시작한 때는 여섯 살 때부터였다고 합니다. 그리고 이러한 상념들을 그때부터 글로 표현했다고 합니다. 이 교수는 굴렁쇠를 굴리며 보리밭 길을 달렸던 어렸을 적 생생한 기억을 이렇게 술회합니다.

　"나는 굴렁쇠를 굴리며 보리밭 길을 가고 있었다. 화사한 햇볕이 머리 위에서 내리쬐고 있었다. 대낮의 정적, 그 속에서 나는 눈물이 핑 돌았다. 아무런 이유도 없었다. 부모님 다 계시고, 집도 풍족하고, 누구랑 싸운 것도 아니었다. 슬퍼할 까닭이 없었다. 그런데 먹먹하게 닥쳐온 그 대낮의 슬픔은 대체 무엇이었을까. 그때는 몰랐지만, 그게 내게는 '메멘토 모리'Memento mori: '죽는다는 것을 기억하라'라는 뜻의 라틴어였다."

어릴 때부터 갖고 있었던 삶과 죽음의 문제는 이 교수의 삶과 그의 모든 문학을 관통하는 일관된 주제였습니다. 그에게 삶은 끝없는 헤어짐의 연속이었습니다. 그 때문인지 이 교수는 3년 전 의사로부터 몸 안에 암이 있다는 말을 듣고 가슴이 철렁했지만, 두려워하지 않았다고 합니다. 그 말을 듣는 순간 사랑하는 딸 생각이 와락 가슴을 덮쳐왔기 때문이었을 것입니다. 그는 하나밖에 없는 딸과 8년 전 이별해야만 했습니다. 이 교수의 딸 이민아는 53세의 아까운 나이에 위암으로 아버지보다 먼저 하늘나라로 가고 말았던 것입니다.

'민아는 그 고통을 얼마나 꿋꿋하게 잘도 견뎌냈는가. 거기에 비하면 나는 병도 아니다. 게다가 나는 살 만큼 살지 않았나?'

생각이 거기에 미치자 이 교수는 구태여 병 나으려 방사선 치료나 항암 치료를 받지 않고 자신의 생명을 온전히 신께 맡겼다고 합니다. 과거 이 교수의 주옥같은 글들은 젊은이들의 가슴을 울렁이게 하였지만, 정작 이 교수 자신은 믿음이 없었기에 마음은 곤고할 때가 많았습니다. 그가 절대 고독에서 인생의 문제에 처절한 질문들을 던진 것은 2004년 일본에 있을 때였습니다. 그의 시 **어느 무신론자의 기도 1**은 자신의 진실한 모습을 성찰하며 영원을 목말라 하는 한 고독한 지성인의 영적 방황을 잘 나타내주고 있습니다.

아빠에게 믿음을 심어준 딸

그러한 이 교수에게 기독교 믿음을 심어 준 사람은 다름 아닌 딸 민아 씨였습니다. 그 무렵 민아 씨는 자폐 아들을 고치기 위해 울부짖다가 예수님을 영접하고 신앙의 힘으로 살아가던 중이었습니다. 이 교수는 국제 전화로 그런 딸과 자주 통화하면서 어느새 믿음의 씨앗이 마음 밭에 떨어졌습니다.

이민아 씨는 이화여대를 졸업하자마자 미국에 유학해 로스쿨을 수료한 후 캘리포니아 주 검사로 임용되어 활동했습니다. 그녀는 겉으로는 화려한 커리어 우먼이었지만, 누구보다 굴곡진 삶을 살았습니다. 결혼 5년 만에 이혼의 아픔을 겪은 뒤 갑상선암으로 두 번이나 투병했습니다. 그런 와중에 유치원생인 작은 아들이 특수 자폐 증세를 보여 아들의 치료를 위해 하와이로 이주하게 되었습니다. 하지만 민아 씨는 그곳에서 망막이 손상되어 실명 위기에 처했다가 겨우 나았습니다.

민아 씨는 2007년에는 원인 모를 병으로 장남을 잃었습니다. 민아 씨는 2009년 목사 안수를 받고 남미와 아프리카 등 여러 나라들을 돌며 마약과 술에 빠진 청소년 구제활동에 전념했습니다. 그러던 2011년 5월 위암 말기를 선고받고 투병하다 1년을 넘기지 못하고 운명했습니다.

실명 위기의 딸을 위해 교회에 나가다

이 교수가 교회에 나간 것은 딸 민아 씨가 실명 위기에 놓여 거의 앞을 보지 못하던 게 계기가 되었습니다. 이 교수 부부는 딸의 실명 위기 소식을 듣고 하와이로 급히 날아갔습니다. 정말로 딸은 앞이 보이지 않을 만큼 시력이 나빠져 있었습니다. 아버지는 딸을 자기 힘으로는 고칠 수 없다는 안타까움에 절규했습니다. 이 교수는 그때의 절망적인 상황을 이렇게 회고합니다.

"내 딸이 시력을 잃게 되어 살아 있는 동안 다시는 내 얼굴을 볼 수 없다는 사실을 정말로 믿을 수 없었다."

이 교수는 신이 있다면 참으로 야속하고 무정하기 그지없는 신이라고 생각했습니다.

'신이 있다면 이럴 수는 없다. 사람은 태어나 고생을 하고 결국엔 죽을 수밖에 없는 존재이지만, 이처럼 바르고 착하게 사는 내 딸에게 어찌 이런 고통을 주시는가! 더욱이 딸은 절대자의 존재를 믿고 그 뜻에 살려고 애쓰지 않았던가!'

이 교수는 딸이 떠날 것을 알면서 함께 지냈던 시간이 이 세상을 떠나가고 난 뒤의 슬픔보다 훨씬 더 고통스러웠다고 고백합니다. 어느 날 딸이 신음하는 것을 본 아버지는 고통스러운 마음으로 두 손으로 머리를 감싸고 "사후 세계가 없어도 괜찮으니 차라리 살아 있는 자들 곁에 임하소서."라고 기도했습니다.

그런데 놀라운 일이 일어나기 시작했습니다. 이어령 교수의 철벽같고 차갑기만 했던 지성의 자리를 영성이 비집고 들어가 조금씩 자리 잡게 된 것입니다. 아버지는 딸에게 미처 주지 못한 사랑을 채워 주고 싶은 마음으로 가득 차게 되었습니다. "아빠가 교회에 나가시는 모습을 제 두 눈으로 보는 게 소원이에요."라고 하는 딸의 소원을 마침내 들어주기로 한 것입니다.

이 교수 부부는 딸과 함께 하와이의 한 작은 교회에 가서 예배를 드렸습니다. 예배를 드리는 동안 이어령 교수의 두 뺨에는 하염없는 눈물이 흘러내렸습니다. 왜 그렇게 눈물이 나는지 연신 흐르는 눈물을 닦느라 손수건이 축축해졌다고 합니다. 이 교수는 자기도 모르게 간절히 기도를 드렸습니다.

"하나님, 제 사랑하는 딸 민아에게서 빛을 거두시
지 않는다면 남은 삶을 주님께 바치겠습니다."

천국의 문을 열어준 세례

신은 과연 그의 기도를 들어 주셨을까요? 아아, 기적 같은 일이 일어났습니다! 정말 놀랍게도 민아 씨의 망막은 수술할 필요도 없이 낫게 되었습니다. 기적을 믿지 않는 이 교수의 강고한 이성은 이때부터 흔들리기 시작했습니다.

그러던 그에게 하늘의 은혜가 임했습니다. 얼마 후 이어령 교수는 세례를 받기로 결심했습니다. 그는 2007년 7월 온누리교회의 주최로 일본에서 열린 '러브 소나타'Love Sonata에 참석해 하용조 목사에게 세례를 받았습니다. 이 교수는 많은 사람들이 보는 데서 공개적으로 떠들썩하게 세례를 받기보다 조용히 골방에서 기도를 하듯 도쿄의 한 호텔에서 세례를 받았다고 합니다.

이 교수는 무릎을 꿇고 세례를 받았습니다. 이 교수의 두 눈에서는 굵은 눈물방울이 뚝뚝 떨어졌습니다. 그는 그때 진실로 주님의 은총을 구했습니다.

"주님, 이 죄인이 이제야 당신 곁으로 왔습니다. 남
은 생애는 당신의 손을 잡고 함께 가겠습니다."

이 교수는 자기 같은 강고한 사람에게 구원의 은총
을 베풀어 주신 신의 은혜에 감사했습니다. 세례는 이
교수에게 천국의 문을 열게 한 사건이었습니다. 이 교
수는 주위 분들에게 "딸의 믿음이 나를 구원해주었습
니다."라며 감격을 감출 수 없었습니다. 딸은 아버지
에게 귀한 믿음을 심어준 평생 은인이었으니까요.

이 교수는 훗날 딸에 대한 고마운 마음을 이렇게
표현했습니다. 그의 말은 지상의 무거운 공기 틈을 빠
져나가 저 영원한 천상의 세계에 닿는 듯 했습니다.

"아픈 딸을 먼저 보내면서 신을 깊이 만나게 되었
고, 지금도 그분 옆에 행복하게 지내고 있을 딸을
생각하면 주님께 너무 감사합니다."

그렇습니다! 이어령 교수는 딸을 통해 감사를 깨
닫게 되었습니다. 사람은 누구나 행복하게 살고 싶
어 합니다. 그 행복은 어디서 오는 걸까요? 그건 감

사하는 마음에서 옵니다. 신은 우리가 감사하며 살기를 원하십니다. 기분 나면 감사하고, 기분 내키지 않으면 감사를 안 하는 게 아니라 "범사에 감사하라"고 하십니다.

세례를 받은 후 이 교수의 삶의 패턴은 완전히 달라졌습니다. 그는 지성에서 영성의 세계로 차츰차츰 나아가는 순례자의 고백을 솔직 담백하게 담은 책 **지성에서 영성으로**를 내놓아 세간의 주목을 받았습니다. 이어령 교수는 종종 자기를 예수님의 12제자들 가운데 도마 같은 믿음을 가진 사람이라며 겸손하게 말합니다. 그는 참다운 기독교인이란 "자기 몸에 예수의 못 자국 흔적을 가진 사람"이라며, "그런 사람만이 부활을 있는 그대로 받아들일 수 있다."고 강조합니다.

"예수님의 부활을 믿으면 그때부터 지성은 무너지고 영성은 남는 것인데, 지성의 사다리는 못 자국으로 남아 있다. 지성을 통해 영성으로 올라가는 것이다. 지성이 없이 영성으로 올라가는 것은 마치 사다리 없이 지붕에 올라가는 것과 같다."

이 교수는 2012년 초봄 엄청난 슬픔을 당했습니다. 사랑하는 딸 이민아 목사가 아빠보다 먼저 하나님 곁으로 갔기 때문입니다. 위암 판정을 받은 그녀는 수술을 마다하고 청소년들에게 그리스도의 사랑을 전해 주면서 남은 생애를 불살랐습니다. 이민아 목사는 마지막 숨을 거두기 직전까지 전혀 죽음을 두려워하지 않고 강연을 하고 다니면서 책을 세 권이나 썼습니다. 그에게 죽음이란 그저 영원한 삶으로 들어가는 통과 의례처럼 보였습니다.

아버지는 그러한 딸의 모습을 보고 신앙의 힘이 얼마나 위대한지를 보았습니다. 아버지는 딸이 걸어간 길을 따라가겠다고 결심했습니다. 지금 하나님 옆에 행복하게 지내고 있을 딸을 생각하면 너무너무 감사하다는 아버지 이어령 교수. 여태까지는 천성으로 올라가는 사다리를 딸의 손을 붙잡고 올라간 그였습니다. 그러나 이제부터는 혼자서 그 사다리를 한걸음 한걸음 올라가야 합니다.

이제 곧 구순을 내다보는 이 교수는 암과 투병하면서도 아직 기백이 청년 같습니다. 그는 젊었을 때처럼 지금도 여전히 멋쟁이입니다. 뒤로 가지런히 빗어 넘긴 백발, 호기심에 가득 찬 검은 눈동자, 창문을 뚫고 나갈 것 같은 힘찬 목소리, 형광등 불빛에 반짝거리는 검은 안경 테 하며, 어디 하나 흠잡을 데 없는 품격을 지닌 신사입니다.

그는 딸을 생각할 때마다 한없이 고맙다고 말합니다. 그의 빛나는 영성을 보십시오! 단어 하나마다, 글귀 하나마다 마음속 깊은 곳에서 우러나는 예수님과 딸에 대한 감사의 마음이 충만하게 배어 있습니다.

"나는 할 일들이 아직도 많아요. 예수님에게 생명이 있다는 것을 알리려고요. 나는 그저 찢기고 때 묻은 주님의 옷 끝자락, 질질 끌려서 흙 묻은 주님의 옷 끝자락을 잡아드리는 마음으로 남은 삶을 살고 싶어요. 이건 딸 덕분이죠. 민아야, 아빠 잘할게. 고맙다, 내 딸 민아야."

우리 시대 최고의 지성 이어령! 22살에 문단에 혜성같이 등단한 이후 반세기하고도 15년이 지나는 동안 번뜩이는 지성과 반짝이는 영성으로 오롯이 한 우물을 파며, 줄기차게 천둥 같은 언어로 우리의 시야를 드넓게 열어준 언어의 거인!

　바라기는, 그가 좀 더 오래 살았으면 합니다. 그래야 미련하고 무지한 우리는 깊은 우물에서 끊임없이 퍼 나르는 그의 지성과 영성의 말에 숨을 죽이는 긴장감으로 귀를 기울일 테니까요. 그리고 이 세계와 자연과 인생과 신에 대해 어떻게 감사해야 하는지를 그에게서 배울 수 있을 테니까요. 그의 마음속에 피어난 감사꽃이 바람에 날리면 우린 길을 걷다 서서 감사의 꽃내음을 흠뻑 들이마시게 될 테니까요.

　그리고 또……하마터면 이 말을 빠뜨릴 뻔 했습니다……. 일곱 번 넘어지고 깨져 몸에는 선혈이 낭자하고 온 마음이 할퀴어도, 영성과 지성의 모든 촉수를 곧추세워 그래도 감사하며 살려는 백발의 노교수에게서 우리들 미련퉁이 후배들도 '그래도 감사'를 실천하며 살 테니까요.

03
양준일

타임머신을 타고
30년 만에 귀환한
슈가맨

"고맙다는 마음이 넘쳐서 사랑한다는 말이 더 나오질 않아요.
그냥 한 분 한 분마다 다 사랑하고 싶어요. 무대에서 제 이야
기를 하는 것만이 아니라 여러분의 이야기를 듣고 싶어요. 서
로 아픈 곳을 나누면서 아름다운 관계를 만들고 싶어요."

전설의 슈가맨, 로드리게즈

식스토 로드리게즈Sixto Rodriguez는 1970년대 활동한 독특한 포크록 가수였습니다. 그러나 그의 노래는 대중의 주목을 받지 못했습니다. 로드리게즈는 두 장의 솔로 앨범을 내놨지만, 불과 여섯 장밖에 팔리지 않았습니다. 로드리게즈는 어느 날 자취를 감췄습니다. 세월이 흐르면서 점차 그의 노래들은 잊혀 갔고, 이따금 그의 이름이 사람들 입에 오르내릴 때면 그가 자살을 하였을 거라는 소문만 무성했습니다.

그런데……. 누군가에 의해 그의 축음기 음반 한 장이 남아프리카공화국에 흘러들어 가면서 그의 전설은 다시 시작되었습니다. 남아공 사람들은 로드리게즈의 경이로운 노래들을 부르며 자신감을 찾고 희망을 바라봤습니다.

로드리게즈가 유명해질수록 사람들은 신비로운 그가 누군지 더욱 궁금해했습니다. 많은 사람들은 로드리게즈를 수소문했습니다. 그런데도 그가 어느 나라 사람인지, 죽었는지 살았는지 도통 알 길이 없었습니다. 아아, 하지만……두 열성 팬의 끈질긴 추적으로 25년 만에 그의 소재가 발견되었습니다. 로드리게즈의 소식이 알려지자 사람들은 깜짝 놀랐습니다. 그가 죽지 않고 살아 있으며, 하루 벌어 근근이 먹고 사는 디트로이트의 막노동꾼이었기 때문입니다. 그는 살아 있는 전설이었던 것입니다.

로드리게즈는 남아공의 초청을 받고 1998년 3월 2일 아프리카 최남단에 자리 잡은 아름다운 나라에 가서 공연을 했습니다. 청중은 그가 무대에 모습을 드러내자 감격의 눈물을 흘리며 열렬히 환영했습니다. 공연을 성공적으로 마치고 미국에 돌아온 로드리게즈는 일상의 삶으로 돌아갔습니다. 남의 집 잔디를 깎고 청소를 해주는 소박한 삶으로……

　동화 같은 이 이야기는 2011년 다큐멘터리 음악 영화로 제작되어 개봉되었는데, 그 영화가 바로 '슈가맨을 찾아서'Searching for Sugar Man입니다. '슈가맨'은 로드리게즈의 음반에 수록된 곡들 가운데 하나입니다. 로드리게즈가 직접 출연해 화제를 모은 이 영화는 2013년 아카데미 장편 다큐멘터리 영화상을 수상했지요.

시간 여행자의 화려한 귀환

　'슈가맨을 찾아서'는 JTBC 예능 프로그램인 '슈가맨'의 모티브가 되었습니다. 2015년 8월 첫 방송을 시작한 '투유 프로젝트─슈가맨을 찾아서'는 우리 가요계에 한 시대를 풍미했다가 사라진 가수들을 출연하게 하여 화제가 되어 왔지요. 이 프로그램이 '대박'을 친 것은 2019년 12월 6일 방송이었습니다. 양준일! 진짜 슈가맨이 귀환한 것입니다.

양준일은 이 방송에 깜짝 등장하기 얼마 전부터 유행한 '온라인 탑골공원'을 통해 입소문을 타고 알려지기 시작했습니다. 사람들은 양준일의 독특한 음악, 파격적인 안무, 시대를 앞서가는 패션에 주목했지요. 지드래곤과 닮았다고 해서 '탑골공원 GD'라 불린 그의 실제 모습을 사람들은 몹시 보고 싶어 했습니다.

"지금부터 여러분의 기억 속에서 슈가맨을 소환합니다."라는 유재석 씨의 멘트에 숨죽이고 있던 청중은 일제히 무대를 응시했습니다. 그와 동시에 조명등이 꺼지고 슈가송 전주곡 멜로디가 흐르자 커튼 뒤에 키 큰 사내가 등장했습니다. 그는 리듬에 맞춰 양 어깨를 번갈아가며 흔들면서 노래를 부르기 시작했습니다. 청중은 아름답고 경쾌한 실루엣을 뚫고 나오는 펑키 그루브에 "끼약!"하며 탄성을 내질렀습니다. 기억을 되찾았다는 듯 누군가 소리쳤습니다.

"아아, 맞아! 저 모습이다, 저 모습!"

이윽고 커튼 뒤에서 어깨를 들썩이던 사내가 노래를 부르기 시작했습니다.

기약 없이 떠나버린 나의 사랑 리베카

조각처럼 남아 있어 내 가슴속에

그리움도 원망도 아름답게 남았지만

너의 진실을 모르는 체 돌아설 수는 없어.

"이제는 말을 해줘요 감추인 진실 말을 해줘요" 후렴구에서 모습을 드러낸 사내는 깡충깡충 뛰며 노래를 했습니다. "감추인 진실 말을 해줘요" 바로 다음에 나오는 "리베카"를 부를 때 두 눈을 살짝 감은 그는 활짝 펼친 두 손을 아래로 부드럽게 내렸습니다. 바로 그때였습니다. 그 사내 뒤에 있는 커다란 스크린에는 왕자 같은 20대 청년이 마이크 앞에서 지금 사내와 똑 같이 노래를 하는 모습이 비쳤습니다. 팬들 앞에 소환된 그는 30년 전 가수 양준일이었습니다.

청중은 기억의 시간 속에서 사라졌다가 다시 시간 속으로 들어온 한 놀라운 가수를 보고 "와아!" 하는 탄성의 소리와 함께 그의 귀환을 환영했습니다. 노래를 마치자 우레와 같은 박수와 환호가 터져 나왔습니다. 양준일은 믿기지 않을 정도로 얼굴과 몸매가 30대로 보였습니다. 왼쪽 귀에는 귀걸이를 하고 오른손엔

반지와 팔찌를 연결하는 액세서리를 한 채 춤을 추는 그의 현란한 댄스는 요즘 K팝 아이돌을 방불케 하는, 아니 아이돌의 자로 잰 듯한 천편일률적인 군무를 압도하는 멋과 여유, 평온함과 자유로움이 있었습니다.

양준일의 노래와 춤은 그렇게 환상적이었던 것입니다. 양준일은 이렇게 1991년 자신의 히트곡인 '리베카'로 다시 팬들 앞에 섰고, 가수로서는 물론 그의 두 번째 인생이 열리게 되었던 것입니다. 유재석은 말쑥한 그를 소개했습니다.

"와우, 정말 반갑습니다. 20세기를 살아온 21세기형 천재. 타임머신을 타고 30년 만에 다시 뜨고 있는 온라인 가요의 원조, 리베카를 부른 양준일 씨입니다."

객석 여기저기서 터져 나오는 "우와!"하는 감탄과 환영의 소리는 홀 지붕을 뚫고 나갈 것 같았습니다.

"감사합니다. 정말 다시 무대에 설 거라고는 상상도 못했어요. 옛날에 그냥 묻어 버린 꿈이라서…….

정말 여러분 앞에 다시 서게 되어 떨리고 너무 재미

있었습니다. 감사합니다."

유재석 씨는 양준일 씨에게 앞으로의 계획이 뭐냐

고 물었습니다.

"저는 계획을 안 세워요. 왜냐하면 그냥 순간순간

살며 최선을 다해서 살고⋯⋯계획이 있다면 겸손

한 아빠로서, 남편으로서 살아가는 거죠."

"모든 것은 완벽하게 이뤄질 수밖에 없어"

청중은 황홀한 노래도 노래이지만, 양준일의 겸손

하고 따뜻한 마음과 성숙한 태도에서 우러나오는 말

한마디 한마디에 깊이 매료되었습니다. 양준일은 20

대의 양준일에게 한마디 해달라는 요구에 이런 편지

를 써서 자신에게 보냈습니다.

"준일아, 네 뜻대로 아무것도 이루어지지 않는다는

걸 내가 알아. 하지만 걱정하지 마. 모든 것은 완벽

하게 이뤄질 수밖에 없어."

아아! 솔직하고 밝고 맑은 모습은 사람을 감동시키죠. 청중은 양준일의 순수하고 진실한 마음 씀씀이에 가슴이 울컥했습니다. 그들은 눈물을 흘리며 아낌없는 박수를 보냈습니다. 양준일 씨가 겪은 고난은 이루 말할 수 없이 크고 많습니다. 하지만 정말 믿을 수 없을 만큼 신기하게도 양준일은 자신을 거절한 한국과 한국인에 대해 원망하는 마음이 없었지요.

양준일의 귀환 소식은 많은 사람들에게 알려졌습니다. 하지만 그는 로드리게즈가 그런 것처럼 슈가맨 방송을 마치자마자 급히 미국으로 갔습니다. 식당에서 서빙을 해야 했기 때문입니다. '슈가맨' 방송이 나간 지 3일 후 JTBC의 손석희 앵커는 뉴스룸 앵커브리핑 시간에 시대를 지나치게 앞서가 그 시대의 대중에게 외면받아 한국 사회에 발붙일 곳이 없이 사라진 양준일 씨를 진정한 슈가맨이라고 불렀습니다. 미국에 돌아간 양준일은 이 방송을 보고 눈물을 흘렸다고 합니다.

많은 팬들은 그의 영구 귀환을 희망했고, 마침내 물음표를 남기고 사라진 대중스타는 한국에서 살려고 가족들과 함께 왔습니다. 12월 20일 양준일 부부가 입국하는 날 팬들이 올린 "환영해요 양준일"은 네이버 급상승 검색어 1위로 떴다네요.

손석희 앵커는 12월 25일 뉴스룸의 문화초대석 마지막 손님으로 양준일을 초대했습니다. 시청자들에게 '크리스마스 선물'이라고 하면서요. 손 앵커는 양준일에게 "슈가맨의 원형에 가장 가까운 분"이라고 하면서 진심으로 축복했습니다. 양준일은 싱긋 미소 지으며 손 앵커에게 그동안 마음속에 켜켜이 쌓인 것들을 모든 대한민국이 따뜻이 녹여 주었다며 감사의 마음을 전했습니다.

17분 동안 진행된 짧은 대담 시간에 양준일은 '감사합니다'라는 말을 아홉 번이나 했습니다. 그것도 공손하고, 겸손하고, 교양 있고, 멋있게 말입니다. 그는 굴곡진 삶에서 감사가 무엇인지를 깨달은 사람 같았습니다.

'아아, 이 사람은 같은 인간이면서 어쩜 저렇게 영혼이 맑고 순수할 수 있단 말인가! 어쩜 저리도 활기차고 얼굴빛이 해처럼 밝을 수 있단 말인가!'

'감사합니다'란 말을 입에 달고 사는 사람

양준일은 '감사합니다'라는 말을 입에 달고 사는 사람 같습니다. 그의 옆에 가면 감사의 꽃향기가 물씬 풍겨나지요. '감사합니다'라는 말을 노상 하기란 결코 쉬운 일은 아닙니다. 그것은 언제나 감사하는 마음을 갖고 있어야 가능한 일이죠.

그렇다면 감사하는 마음을 갖는 것은 쉬운 일인가요? 천만에요! 그렇지 않습니다. 늘 감사하는 마음을 마음에 간직하고 사는 것은 자기를 죽이고 남을 높여야 가능한 것입니다. 인생과 자연과 이 세계에 대한 깨달음과, 그로부터 오는 평온과 무욕無慾으로 충만해져야 마음은 감사로 가득 차게 되는 것이죠. 그래서 '그래도 감사'인 것입니다.

양준일은 보통 사람으로서는 감당하지 못하는 고생을 무척 많이 한 사람입니다. 열 살 때 부모를 따라 미국으로 이주한 그는 피부 색깔이 다르다는 이유로 또래 아이들로부터 따돌림을 받았습니다. 그러나 그는 꿋꿋이 컸습니다. 20세 되던 해인 1989년 가수가 되는 꿈을 안고 한국에 왔습니다. 사람들은 처음 양준일을 보고 깜짝 놀랐습니다. 시대를 앞서가는 노래와 춤, 옷차림새와 퍼포먼스가 파격적이었기 때문입니다.

그러나 양준일은 당시 보수적인 대중들에게 조롱과 냉대를 받았습니다. 대중은 남자인지 여자인지 모를 그의 용모와 옷차림새, 그리고 영어를 자주 쓰는 것을 싫어하다 못해 혐오까지 할 정도였습니다. 공연을 할 때면 신발과 돌이 무대에 날아왔습니다. 그에게 어느 누구도 가사를 써주거나 곡을 주지 않았다고 합니다.

양준일은 무대를 떠날 수밖에 없었습니다. 10여 년 간 공백기를 거쳐 그는 다시 'JIY'쟈이라는 예명으로 무대에 올랐습니다. 그러나 대중의 반응은 여전히 싸

늘했습니다. 결국 가수생활을 접어야 했습니다. 하는 수 없이 그는 어머니와 함께 경기도 일산에서 14년 동안 영어 공부방을 했습니다. 그러나 거기서도 자신의 쓸모를 찾을 수 없었습니다. 영어 공부방을 하면서 2006년 늦은 나이에 결혼을 하고 아들이 생겼지만, 벌이가 시원찮아 생활고로 엄청 허덕여야 했습니다.

2015년 그는 어쩔 수 없이 가족과 함께 미국으로 돌아갔습니다. 거기서 닥치는 대로 일했습니다. 발톱이 빠지도록 일했다고 합니다. 최근에는 한 레스토랑에서 서빙을 하면서 생계를 꾸려왔습니다. 하지만 그는 삶에 지쳐 풀썩 주저앉지 않았습니다. 삶이 무서워서 두려워하거나 도망치지 않았습니다. 그는 자기 삶이 더 이상 떨어지려야 떨어질 수 없다고 생각하며 하루하루를 자족하며 버텨 냈습니다. 끝없는 추락에 그는 이렇게 말했습니다.

"바닥은 단지 내가 누운 곳에 불과해."

그도 인간이기에 어찌 절망감이 없었겠습니까? 양준일은, 인생은 업 앤 다운up and down이 반복되는 롤

러코스터 같다고 말했습니다. 절망의 낭떠러지에 떨어져 신음할 때면 자기는 아무짝에도 쓸모없는 존재—존재 자체로 피해만 주는 'Toxic Waste'핵폐기물 같은 존재가 아닌가 하는 생각이 엄습해올 때도 있었다고 합니다. 어떤 때는 쓰라린 지나간 과거가, 또 어떤 때는 경험해보지도 않은 미래가 끊임없이 괴롭혔습니다. 하지만 그는, 교묘하게 마음을 타고 머릿속에 들어온 쓰레기를 재빨리 버리는 훈련을 했습니다. 하루에도 수십 번씩 말입니다. 양준일은 이렇게 고백합니다.

"끊임없이 비워야 한다. 그래야 그 자리에 새로운
희망과 꿈이 들어올 공간이 생긴다."

이 말속에는 양준일의 음미할 만한 인생철학이 담겨 있습니다. 양준일이 말하는 '쓰레기 버리기'란 무엇일까요? 그것은 이루지 못한 것들에 대한 집착을 내려놓고 현실을 있는 그대로 받아들이는 마음가짐 아닐까요? 끊임없이 태클을 거는 울분·회한·미련·원망·분노와 같은 것들을 마음속에서 떨쳐 내고, 그 자리에 기대·희망·용서·관용·사랑과 같은 아름답고 고상한 것들을 채워 넣으면 행복의 문은 열린다고 그는 확신하는 것 같습니다. 양준일은 마음이 어지러울 때는 이렇게 중얼거리며 좋은 일이 있기를 소망했습니다.

'아마도 이것이 내 인생의 전부는 아닐 거야.'

그런 그에게 행운이 찾아왔습니다. 한국의 팬들이 그를 소환한 것입니다. 양준일은 2019년 마지막 날인 12월 31일 서울 세종대의 큰 홀에서 팬미팅을 했습니다. 티켓팅 개시 3분 만에 2회 전석이 매진되었고, 그 통에 서버가 마비되는 일도 발생했다니, 양준일의 인기가 얼마나 대단한지를 실감하게 해줍니다.

그가 무대 위에서 노래를 부를 때 그의 노래는 때론 청중의 함성에 묻혀 버리는 바람에 노래가 함성인지 함성이 노래인지조차 구분이 안 되었습니다. 분명한 것은, 무대 위에 설 때 그는 비로소 자기를 찾은 것입니다. 무대 위에서 그는 자기가 가수라는 것을 유감없이 보여주었고 충분히 눈부셨습니다. 수천 명의 청중은 양준일의 밝은 모습과 노래와 패션에 뭉클해

하면서 그들이 보여줄 수 있는 최대한의 경의를 표하며 그의 가수활동 재개를 뜨겁게 환호했습니다. 50대인 양준일은 이 자리에서 20대의 자기에게 이런 편지를 보냈습니다.

"준일아, 아직도 니 뜻대로 아무것도 이루어지지 않는다는 걸 니가 계속 알았으면 좋겠어. 이 순간 그 소중함을 놓치지 말고, 미래를 바라보지 말고, 과거도 바라보지 말고, 이 순간을 바라보면서, 니가 지금 2019년 말 오늘 느끼는 이 감사함을 언제나 가지고 가면 좋겠어."

양준일은 팬들에게 진심으로 감사했습니다. 얼마나 감사했던지 그 순간 팬 한사람 한사람은 목숨을 주어도 부족할 만큼 연인이었습니다.

"고맙다는 마음이 넘쳐서 사랑한다는 말이 더 나오질 않아요. 그냥 한 분 한 분마다 다 사랑하고 싶어요. 무대에서 제 이야기를 하는 것만이 아니라 여러분의 이야기를 듣고 싶어요. 서로 아픈 곳을 나누면서 아름다운 관계를 만들고 싶어요."

이렇게 양준일은 자신의 가치를 인정해주고 환대를 해준 팬들과 한국에 진심 어린 감사의 마음을 전했습니다. 그리고 자신을 따뜻하게 맞이해준 대한민국에서 활동하며 팬들로부터 받은 사랑을 다시 되돌려주고 싶다고 했습니다. 그렇게 말하는 양준일의 눈망울은 사슴과 같았습니다. 맑고 시원한 옹달샘 같기도 하고, 깊이를 헤아릴 수 없는 호수 같기도 하였죠.

　인간이 만든 언어들 가운데 가장 멋있는 말 두 가지를 꼽으라면 하나는 '사랑합니다'이고, 또 하나는 '감사합니다'가 아닐까 싶습니다. 사랑과 감사는 따로 떨어진 개념이 아닙니다. 사랑하지 않고는 감사할 수 없으며, 감사하지 않고는 사랑할 수 없습니다. 양준일은 이 사랑과 감사를 깨우친 선각자입니다.

　"매일이 꿈같다."고 하는 양준일은 "하루를 항상 감사함으로 시작한다."며 한국생활에 만족하고 있습니다. 그를 버린 한국을 떠나면서 투명인간 같았다는 양준일. 그는 슈가맨으로 한국에 돌아왔습니다.

　"제 삶 자체가 기적이라고 생각해요."

과연 양준일의 삶은 그 자체로 기적입니다. 더 이상의 고통과 혼란은 그로부터 도망쳤습니다. 그는 지금 재평가되고 있으며, 한국문화의 한 획을 긋는 트랜디한 연예인으로 부상하고 있습니다. '양준일 신드롬'은 일시적인 현상이 아니라 꽤 오래 지속될 것 같습니다. 가수로서의 자질을 가지고 있을 뿐 아니라, 인간 자체가 매력적이고 행동거지 하나하나가 기품이 있기 때문입니다. 시대를 역주행하는 그의 나타남은 그 스스로가 원한 것이 아닌, 순전히 팬들의 힘으로 이루어진 것입니다.

어떻게 살 것인가?──양준일의 '아마도'MAYBE의 삶

양준일은 짧은 시간 동안 팬들에게 매우 인상적인 말들을 했습니다. 그 중에서도 으뜸은 이 말입니다.

"준일아, 네 뜻대로 아무것도 이루어지지 않는다는 걸 내가 알아. 하지만 걱정하지 마. 모든 것은 완벽하게 이뤄질 수밖에 없어."

"완벽하게 이뤄진다."라는 말은 계획을 세워 하던 일이 반드시 잘 되고 성공한다는 의미는 아닙니다. 자신의 계획과 의지대로 하려는 것을 내려놓으면 아름답고 훌륭한 마무리를 할 수 있다는 뜻이죠. 그것은 헛된 꿈을 세우거나 욕심을 부리지 않고 현실을 인정하고 잘 적응해 가는 삶의 태도를 가리키는 것 같습니다. 양준일은, 어떤 경우에도 좌절하거나 분노하거나 원망하지 않고 현실을 담담하게 받아들여 만족하고 최선을 다하며 산다면 그 자체로 인생은 아름답다고 생각하는 것 같습니다.

양준일은 얼마 전 **양준일 MAYBE_너와 나의 암호말**이란 포토가 곁들인 예쁜 수필집을 출간했습니다. 이 책은 출간을 하기도 전에 예약 판매로만 3만부가 넘는 기염을 토했습니다. 지난간 세월 마음속에 꼭꼭 집어넣은 상념들을 수록해 놓은 이 책은 독자들이 가벼운 마음으로 읽을 수 있도록 배려했는데, 읽을수록 무릎을 치게 하는 심오한 무언가가 있습니다.

이 세상은 최선을 다해도 결과는 엉뚱한 실패로 나타나고, 진실하게 살아도 손해를 보며, 진의와는 다르게 오해를 받는 곳입니다. 그럴 때면 우리는 현실과 타협하고 싶은 유혹을 받거나 현실에 굴복하고 마는 것이죠. 삶이 고단하고 피곤할수록 그렇습니다. 양준일은 이런 모순투성이의 세상을 회피하려고 하지 않습니다. 그는 정면으로 상황을 돌파하려고 합니다. 삶이 거칠수록 더 낮은 희망을 바라봅니다. 양준일의 그러한 희망은 '아마도'MAYBE의 창을 통해 이 세상을 관조하는 것입니다.

양준일의 삶을 지탱하게 하는 MAYBE! 양준일은 엎어지고 넘어지며, 그러다가 희망의 탈출구를 찾으려 이를 악물고 버틴 자신의 파란만장한 삶을 'MAYBE'라는 하나의 단어에 녹아 내려고 했습니다. 그는 "아무도 모르는 History로 끝날 줄만 알았던" 자신의 이야기를 책으로 만들어 "세상과 나눌 수 있는 Memory"로 내놓은 것을 기뻐했습니다.

'MAYBE'가 이 세상을 바라보는 전망의 중심에 있듯이 모두 91가지 상념들을 모아놓은 그의 책의 한가운데에도 'MAYBE'가 있습니다. 양준일에게 'MAYBE'는 상황에 따라 흔들리고 변형되며 줏대 없는 개념이 아닌, 견고하고 불변하며 처음과 끝이 한결같은 지조 있는 개념입니다. 그의 삶의 좌소에는 늘 '그래도 MAYBE'가 있습니다. 그래서 그것은 소문자 'maybe'가 아닌, 언제나 대문자 'MAYBE'인 것이죠. 그것은 고유명사로서, 양준일 스스로 특허를 내고 인가받아 그만이 누리고 뿜어낼 수 있는 감사의 향취입니다.

자유와 희망의 공동체

양준일은, 사람들이 진실한 마음으로 상대방을 이해하고 격려하며 꿈을 함께 나눠야 한다고 생각합니다. 상대방의 눈에 내가 보이고 내 눈에 상대방이 보일 때 비로소 의문들은 제거되어 그 관계는 아름답게 발전되고, 그러한 사람들이 모인 자유와 희망의 공동체야말로 이상적인 사회라고 말하는 것 같습니다. 바로 이게 이 기적 같은 뮤지션이 꿈꾸고 희망하는 세상 아닐까요? 양준일은 'MAYBE'에 대해 이렇게 말했습니다.

"힘든 나날들을 보내며 현실에

무릎을 꿇기도 했지만,

'아마도maybe 이것이 전부가 아닐 수 있다'는

생각으로

내 삶을 받아들인 것처럼.

'MAYBE'라는 단어엔 어둠 속에서도

빛을 보게 하는 힘이 있다고 믿는다."

초심初心이란 말이 있습니다. 처음 마음먹었던 뜻을 변함없이 지키는 것은 아름답고 숭고한 일입니다. 양준일 씨가 초심을 유지하는 비결은 날마다 자기를 비우는 것입니다. 그리고 감사하는 마음으로 하루하루를 사는 것입니다. 마음에 남아 있는 쓰레기를 버리고 그 빈 공간에 감사가 넘치게 하는 것이죠.

양준일은 자신의 52번째 생일인 2020년 8월 19일 디지털 싱글 로킹 롤 어게인Rocking Roll Again을 발표하고, 19년 만에 정식으로 컴백했습니다. '로킹 롤 어게인'은 팬들과 함께 제2의 가수활동을 시작하겠다는, '다시 뛴다'는 뜻이라네요.

'감사의 사람' 양준일. 그가 감사하는 마음을 잃지

않는다면, 그리고 소년같이 맑고 순진한 마음을 잃지 않는다면, 지치고 힘든 많은 사람들에게 위로와 희망을 선사하고 자신의 삶은 구원의 빛으로 가득하게 될 것입니다. 양준일 씨의 가족과 그의 음악 활동에 아낌없는 응원을 보냅니다.

04
이태석

수단의
슈바이처

쫀리John-Lee 신부

"오, 주님. 감사합니다.
저같이 부족한 사람에게 이렇게 아름다운 곳을
맡겨 주시다니요!"

안녕?

나는 이태석 신부야.

원래는 의사 공부를 하였지.

하느님을 받들며 남을 위해 살고 싶었거든.

나는 오랜 신부 공부를 마치자마자

아프리카 남수단이란 나라로 갔어.

"신부님, 왜 그렇게 멀리 가셨나요?"

"응, 그곳엔 사랑의 손길이 절실한 사람들이

아주 많기 때문이었지."

위 글은 동화가 아닙니다. 실화를 바탕으로 한 유아 위인전에 나오는 얘기입니다. 이 위인전의 주인공은 바로 이태석 신부입니다. 이태석 신부에 관한 글은 초등학교 5학년 도덕 교과서 '아름다운 사람이 가는 길'에도 등장합니다. 그의 이야기는 처음부터 끝까지 감동의 스토리입니다. 지금부터 가장 낮은 곳에서 사랑을 펼친 그에 관한 이야기를 해보겠습니다.

의사 면허를 취득하고 사제 서품을 받다

아프리카 아이들에게 꿈과 희망을 심어준 '수단의 슈바이처' 이태석 신부. 이태석 신부는 1962년 부산에서 10남매 중 9번째로 태어나 고등학교까지를 그곳에서 다녔습니다. 아버지는 신부님이 초등학교 2학년 때 돌아가셨습니다. 자식들이 열이나 되는 가정은 늘 경제적으로 쪼들렸습니다. 그 때문에 어머니는 자식들을 뒷바라지 하느라 무진 고생을 해야 했습니다.

넉넉하지 않은 가정에서 자라난 소년 이태석은 장래 커서 가난한 사람들을 위해 살아야겠다는 생각을 싹틔우기 시작했습니다. 그는 가톨릭 신앙을 가진 부모를 따라 열심히 성당을 다녔기에 어릴 때부터 신앙에 대해 남다른 관심이 있었습니다. 어머니의 헌신과 신앙은 이태석의 가슴에 감사를 심어 주었습니다. 학창시절 이태석 학생은 공부를 잘했고, 다방면에 재능도 많았습니다. 특히 음악에 소질이 있었다고 합니다. 그는 또한 맡은 일에 성실하였으며 마음이 따뜻했습니다.

소년 이태석이 사제가 되겠다는 꿈을 가지게 된 것은 고교시절 어느 날 성당에서 영화를 관람한 게 계기가 되었습니다. 의사이자 성직자인 다미안 드 베스테르 신부의 이야기를 그린 영화였습니다. 벨기에 신부 다미안 드 베스테르는 하와이에서 수많은 나환자들을 돌보다 자신이 나환자가 되어 50세를 일기로 선종한 성자입니다.

불쌍한 사람들을 도우려면 다미안 드 베스테르 신부처럼 의학을 공부하는 게 좋겠다며 의사를 꿈꾸었던 이태석은 고등학교를 졸업한 후, 1981년 인제대학교 의과대학에 입학했습니다. 6년 동안의 의학 공부를 마친 후에는 군의관으로 입대하여 의사로서 경험을 쌓고 전역했습니다. 그 후 1992년 광주가톨릭대학교 신학과에 편입, 본격적인 사제의 길을 걷게 됩니다.

신학교를 졸업한 후엔 로마 교황청이 설립한 살레시오대학교로 유학을 갔습니다. 그는 마침내 길고 긴 의사 공부와 신학 공부를 마치고, 2001년 6월 귀국해 사제 서품을 받았습니다. 그때 그의 나이 40세였습니다.

지구상에서 가장 비참한 나라인 수단의 톤즈에 가다

사제 서품을 받은 그는 다미안 드 베스테르 신부님처럼 가난한 나라에 가서 선교사로 헌신하고자 했습니다. 2001년 12월, 이태석 선교사가 가게 된 선교지역은 아프리카 남수단 톤즈라는 마을이었습니다. 아프리카에서 가장 오지에 있는 톤즈는 20년 이상 계속된 수단의 내전으로 폐허가 된 마을이었습니다.

세상에서 가장 비참한 마을인 톤즈.
그 톤즈가 신부님의 가슴에 쑤욱 들어왔습니다.

"바로 이곳이다!"

이태석 신부님의 심장이 마구 뛰었습니다. 그의

가슴 속에 형언할 수 없는 감사가 흘러넘쳐 났습니다.
톤즈를 처음 본 그는 얼마나 감동이 되었던지 하느님
께 기도를 드렸습니다.

"오, 하느님. 감사합니다. 저같이 부족한 사람에게
이런 아름다운 곳을 맡겨 주시다니요! 겸손한 마음
으로 톤즈 사람들을 잘 섬기고 그리스도의 사랑을
전하겠습니다. 제게 힘을 주소서."

신부님은 하느님께 받았던 사랑을 톤즈의 모든 사
람들에게 되돌려주는 봉사활동을 전개하기 시작하였
습니다. 그때 수단에서는 말라리아와 콜레라로 많은
사람들이 어려움을 겪고 있었습니다. 또 한센병나병도
나돌아 적잖은 사람들이 고통을 받고 있었습니다.

신부님은 주민들과 함께 흙담과 짚풀로 지붕을 엮
어 병원을 세웠습니다. 병원이 멀어 진료받기 어려운
사람들에게는 직접 찾아가 진료를 했습니다. 톤즈에
얼마나 아픈 사람들이 많던지 신부님은 하루에만 3백
명이 넘는 병자들을 치료하고 돌보았습니다.

아프리카는 독벌레가 우글거리는 곳입니다. 게다가 물도 좋지 않지요. 특히 한센병 마을에 겁 없이 들어갔다가는 자칫 치명적인 균에 감염될 우려가 있습니다. 그러나 신부님은 힘들고 위험한 일을 마다하지 않고 80개나 되는 마을들을 일일이 찾아다니며 주민들을 진료했습니다. 그리고 물이 없는 마을에는 우물을 파서 주민들이 깨끗한 물을 먹도록 해주었습니다.

신부님은 교육에도 관심이 많았습니다. 톤즈의 아이들과 원주민들을 계몽하기 위해 초등학교, 중학교, 고등학교를 차례로 세우고 기숙사도 만들었습니다. 학교들은 세운 지 얼마 안돼 모두 명문교가 될 만큼 수단 사람들의 주목을 받았습니다.

음악을 좋아한 신부님은 브라스밴드를 만들었습니다. 음악은 전쟁으로 상처받은 아이들의 마음을 위로하고, 서로 화해하고 용서하는 마음을 심어 줬습니다. 35명의 어린이들로 이뤄진 브라스밴드가 아름다운 하모니로 연주할 때면, 수단인들 마음에 뿌리 깊이 박혀 있는 분노와 적대감은 어느새 사라지고 그 자리에 사랑과 평화가 깃들었습니다. 톤즈 브라스밴드 연주 실력은 매우 훌륭해서 대통령 앞에서도 연주를 하였고, 정부 주요행사에 자주 초청되었습니다.

쫀리 신부님, 사랑해요

신부님의 봉사활동은 수단인들 사이에 왁자하게 퍼져 나갔습니다. 수단의 어른들과 어린이들은 이태석 신부를 '쫀리'John Lee라고 불렀습니다. 어릴 때 받은 그의 세례명이 '존', 우리말로 '요한'이기 때문이었습니다. 어린이들은 쫀리 신부님을 보면 멀리서부터 한달음에 달려와 품에 안겼습니다. 어른들도 신부님을 보면 좋아서 옆을 떠나려 하지 않았습니다. 그는 모든 수단 사람들에게 다정한 친구였고, 수더분하고 친근한 말벗이었습니다.

이태석 신부님은 내전으로 고통받는 수단 인들에게 함박웃음을 선물해 줬습니다. 많은 봉사활동으로 지칠 만도 한데, 언제나 마음은 태양이었고 얼굴은 미소로 가득해 늘 싱글벙글했습니다. 고달픈 수단 인들은 순박하고 꾸밈없는 신부님의 웃는 얼굴을 보면서 행복과 사랑을 느꼈습니다. 아이들은 신부님의 웃음에서 꿈과 희망을 보았고, 그들 작은 가슴마다에는 천국이 임했습니다.

이러한 신부님의 활동은 2003년 12월 KBS 방송을 통해 세상에 알려지게 되었습니다. 그 방송이 나간 후 돕는 손길이 늘어났습니다. 그 덕택에 병원 건물은 확장되었고, 더 훌륭한 의료 시설을 갖추게 되었습니다. 좋은 의료 기기들도 들여놓을 수 있었습니다.

그렇게 열심히 수단 사람들을 섬기던 어느 날, 신부님은 심한 두통을 앓았습니다. 혹시 몸에 이상이 있는 건 아닌가 싶어 검진을 받기 위해 2008년 11월 휴가를 내고 한국으로 돌아왔습니다. 톤즈로 떠난 지 딱 7년 만이었습니다. 검진 결과 마른하늘에 날벼락과 같은 소식을 들어야 했습니다. 그것은 고치기 어렵다는 대장암 4기 판정을 받은 것이었습니다. 자신이 의사이지만, 미처 자기 몸을 돌볼 겨를도 없이 밤낮으로 봉사하며 수고한 대가로 얻은 병이었던 거죠. 초대받지 않은 반갑지 않은 손님이 찾아오고 말았습니다.

신부님은 사람들에게 자기 병을 숨겼습니다. 사람들에게 알리지 않은 채 항암제를 맞고 음식을 조절하는 동안 쫀리 신부님은 급속히 체중이 줄어들어 눈에 띄게 야위어 갔습니다.

그러나 그는 이 절망적인 상황 속에서도 웃음을 잃지 않았습니다. 믿음이 좋은 신부님은 죽음을 두려워하지 않았습니다. 죽음보다 더 두려웠던 것은, 지금 자신이 가난하고 병든 수단 사람들을 돌볼 수 없다는 안타까움이었습니다. 신부님은 하루라도 빨리 톤즈 아이들을 돌보고 싶어 자신의 병을 고쳐 달라고 하느님께 애타게 기도했습니다.

"은혜로우신 주님, 제가 이대로 죽는다면 저 아이들은 누가 돌보겠습니까? 아니 됩니다. 제가 해야할 수고입니다. 제 병을 고쳐 주십시오. 제 생명을 연장해 주십시오. 이전보다 더욱 아이들을 돌보고 사랑하는 제가 되겠습니다."

하지만 하느님은 그를 데려가셨습니다. 50살도 채되지 않은 49살 나이에……. 2010년 1월 14일이었지요. 고교시절 관람했던 영화의 주인공인 성 다미안 베스테르의 운명을 그는 예감했던 것일까요? 혹시 하느님은 더 없이 순수하고 티 없이 맑은 영혼을 혼탁한 세상에 놔두는 게 마음에 걸리셨던 것일까요?

한 알의 밀알이 땅에 떨어져 죽으면 수많은 밀알을 태어나게 한다는 성경구절이 있습니다. 비록 이태석 신부님은 한 알의 밀알로 죽었지만, 그로 인해 새로 생긴 수많은 밀알들이 있습니다. 그것은 이웃을 사랑하는 마음에서 나오는 나눔과 돌봄의 정신일 것입니다. 이태석 신부의 이 같은 이웃 사랑, 나눔, 돌봄의 정신은 그가 학창시절부터 가졌던 감사의 결실입니다.

'울지 마, 톤즈'

우리 가슴을 저미는 신부님의 이야기는 그가 죽고 나서 크게 알려지게 되었습니다. 신부님이 선종한 그해 KBS에서는 '수단의 슈바이처 고 이태석 신부'라는 제목의 특집을 만들어 개나리가 활짝 핀 봄철에 방송을 내보냈습니다. 그리고 이어서 한 편의 감동 휴먼

다큐멘터리 영화가 만들어졌습니다. 그게 바로 **울지마 톤즈**입니다. 그 해 9월에 개봉된 이 영화는 수많은 사람들의 심금을 울리고, 우리 각자의 삶을 돌아보게 하였습니다.

쫀리 신부님은 아름다운 사람이었고, 감사의 사람이었습니다. 그는 사나 죽으나 감사의 사람이었습니다. 그의 삶은 아름다운 이야기로 우리에게 전해 내려오고 있습니다. 그가 수단 아이들에게 심어준 사랑의 씨앗은 그들 가슴에서 싹틔우고 새싹을 내게 될 것입니다. 거기 파릇파릇한 이파리들이 돋아나고 꽃을 피우고 큰 나뭇잎들이 무럭무럭 자라 너울거리면 곧 열매들이 주렁주렁 맺힐 것입니다.

벌써 그의 제자 한 사람이 의사가 되었습니다. '존마엔 루벤'이라는 톤즈의 청년입니다. 이 청년은 한국 유학 길에 오른 지 11년 만에 장하게도 의사의 꿈을 이루었습니다. 이태석 신부님이 수학한 인제대학교 의과대학에서 공부를 해서 우리나라 의사국가시험에 최종 합격했다죠? 존 마엔 루벤은 인턴생활을 마친 후에는 고국인 남수단으로 돌아가 쫀리 신부님처럼 가난하고 소외된 사람들을 위해 일생을 바쳐 헌신할 계획입니다. 그는 쫀리 신부님께 무엇으로 보답해야 할지 눈물을 글썽였습니다.

2020년 1월 14일은 이태석 신부가 선종한 지 10년이 되던 날이었습니다. 그 전날 이해인 수녀는 수녀님은 나이가 어언 75세나 되었다네요 지인과 함께 부산의 한 극장에서 이태석 신부의 일대기를 그린 울지마 톤즈2-슈크란 바바를 관람했습니다. '슈크란 바바'는 수단의 한 부족언어로 '하느님, 감사해요'라는 뜻이라고 합니다.

이해인 수녀는, "이태석 신부는 많은 이들의 가슴에 이웃사랑의 본보기, 보름달로 떠 있는 분"이라고 추모했습니다. 그러면서 이태석 신부처럼 자기도 "세상에서 가장 천대받고 멸시받는 사람들과 함께하셨던 예수님의 마음을 닮고 싶다."는 기도를 하고 있다고 말했습니다.

아무리 세상이 악하고 험해도 이태석 신부님처럼 이웃을 위해 자기를 희생하고 사랑을 실천하는 사람들이 있기에 여전히 우리가 사는 세상은 아름답습니다. 이태석 신부님처럼 환경을 탓하지 않고 어떤 처지에서건 '그래도 감사합니다'라고 우리 모두가 말할 수만 있다면 우리가 사는 세상은 희망이 있습니다. 나와 당신이 함께 일궈 나가는 세상입니다.

05
장영희

절망하는 이들에게
희망의 바이러스를……
희망 전도사

"기적이란 다른 먼 곳에 있는 것이 아니다.
아프고 힘들어서 하루하루 어떻게 살까 노심초사하며
버텨낸 나날들이 바로 기적이다.
살아온 기적이 살아갈 기적이 된다."

그 아저씨는 나를 흘낏 보고는 그냥 지나쳐 갔다.
그러더니 다시 돌아와 내게 깨엿 두 개를 내밀었다.
순간 아저씨와 내 눈이 마주쳤다. 아저씨는 아무 말도
하지 않고 아주 잠깐 미소를 지어 보이며 말했다.

"괜찮아."

무엇이 괜찮다는 건지 몰랐다. 돈 없이 깨엿을 공
짜로 받아도 괜찮다는 것인지, 아니면 목발을 짚고 살
아도 괜찮다는 말인지…….

하지만 그건 중요하지 않다. 중요한 것은 내가 그
날 마음을 정했다는 것이다. 이 세상은 그런대로 살
만한 곳이라고, 좋은 친구들이 있고 선의와 사랑이 있

고, '괜찮아'라는 말처럼 용서와 너그러움이 있는 곳
이라고 믿기 시작했다는 것이다.

"괜찮아"라는 한 마디 말이 평생 격려의 말이 되다

위 글은 장영희의 살아온 기적 살아갈 기적에 나오는
일화입니다. 소아마비 장애아가 마음씨 좋은 엿장수
아저씨를 만나 일어난 이야기는 글을 읽는 이들의 가
슴을 아리게 합니다. 하지만 동시에 봄비처럼 가슴을
촉촉이 적시는 글에서 우리는 삶의 환희를 맛봅니다.
엿장수 아저씨가 어린 소녀에게 건넨 "괜찮아"란 덕
담은 이 소녀가 일생을 사는 동안 든든히 붙잡고 사는
천금과 같은 격려의 말이 되어 주었습니다.

"괜찮아"라는 한 마디 말에 그날 마음을 정했다는
소녀는 훌륭하게 자라 어둠 속에서 방황하는 사람들
에게는 빛을, 절망 속에서 신음하는 사람들에게는 희
망을 보여 주었습니다. 이 정도 말하면 눈치 빠른 독
자는 이 사람이 누군지 눈치챘을 것입니다. 이 사람은
다름 아닌 대학 교수요 수필가인 장영희입니다.

길지 않은 삶을 사는 동안 이 땅에 빛과 희망의 바이러스를 널리 퍼뜨린 사람, 이름만 들어도 가슴을 뭉클하게 하는 사람……. 그녀가 우리 곁을 떠난 지 10년이 넘었지만, 그녀는 우리 곁에서 여전히 살아 숨쉬고 있는 것처럼 느낍니다. 극심한 장애와 세 번에 걸친 암덩어리를 몸에 지니고 살면서도, 언제나 웃음을 잃지 않고 밝고 긍정적인 마음으로 보석 같은 글들을 남긴 장영희는 진실로 이 땅에 희망의 바이러스를 퍼뜨린 전도사였습니다.

소아마비 장영희에게 나타난 가브리엘 천사

장영희는 영문학자, 수필가, 번역가로 대중에게 친숙하게 알려진 사람입니다. 그녀는 또 청소년들에게는 중·고등학교 영어교과서를 집필한 사람으로 잘 알려져 있습니다.

장영희는 한국동란 때인 1952년 9월 14일 서울에서 서울대학교 영문학과의 장왕록 교수의 딸로 태어났습니다. 장영희는 생후 1년 되던 해에 소아마비로

고열을 앓고 나더니, 그때부터 평생 두 다리와 오른손을 쓰지 못하게 되었습니다. 총명했던 장영희는 공부를 잘했지만, 상급학교에 진학할 때마다 번번이 상처를 받았습니다. 학교들마다 장애인의 입학을 거절했던 것입니다. 그 때문에 장영희는 어린 시절부터 차별로부터 오는 냉혹한 현실에 맞서 싸워야만 했습니다.

대학 진학을 앞둔 장영희는 비참한 좌절감과 당혹감을 겪어야 했습니다. 대학교에 가고 싶어도 장애인에게는 입학시험 자체를 치르지도 못하게 하는 사회의 뿌리 깊은 차별이 젊은이의 가슴을 짓뭉갰기 때문이었습니다. 그러나 어둠이 깊을수록 빛은 더욱 빛나는 법이지요. 천사 같은 사람이 있기에 불합리하고 모순 많은 이 세상에서 소망은 더욱 값지게 빛이 납니다.

대학 입학시험 기회조차 박탈되었던 장영희에게 가브리엘 천사가 되어 준 사람은 당시 서강대학교의 영문학 과장이던 브루닉 신부였습니다. 장영희의 아버지 장왕록 교수는 학교로 찾아가 브루닉 교수에게 딸에게 입학시험이라도 치르는 기회를 줄 수 없겠느냐며 통사정했습니다. 그때 브루닉 신부는 껄껄 웃으며 이렇게 말했다고 합니다.

"시험을 머리로 보는 것이지 다리로 보나요? 장애
인이라고 해서 시험보지 말라는 법이 어디 있습니
까?"

그렇게 해서 장영희는 서강대학교 입학시험에 무
난히 합격할 수 있었고, 학교의 배려로 학업에 전념
할 수 있었습니다. 1975년 대학을 졸업한 장영희는 2
년 뒤 같은 대학원에서 석사 학위를 취득한 후, 곧바
로 미국 유학 길에 올라 뉴욕 주립대학교에서 박사 과
정에 들어갔습니다.

가방 도둑에게 "다시 시작하게 해줘 감사해요"

6년 후 그녀는 박사 논문을 완성했습니다. 그러나
전동타자기로 힘들게 써놓은 논문 뭉치가 들어 있던
가방을 여행 중 통째로 도둑맞는 사건이 생기고 말았
습니다. 심사를 얼마 남기지 않고 그런 일을 당했으니
얼마나 놀라고 당황했을까요. 그녀는 논문 가방을 도

둑맞았다는 말을 듣는 순간 충격에 휩싸여 "내 논문, 내 논문!" 비명을 지르고 그 자리에서 기절하고 말았습니다. 그러고는 아무 것도 먹지 않으면서 멍하니 넋을 잃고 침대에만 드러누워 있었습니다.

그렇게 5일쯤 지나서였을까. 아침에 눈을 뜨니 한 줄기 햇살이 방안 가득히 스며들었습니다. 바로 그때 엿장수 아저씨의 "괜찮아"라는 울림이 그녀의 내면에 진동했습니다. 그녀는 퍼뜩 제정신이 들어 자신에게 이렇게 말했습니다.

"괜찮아. 다시 시작하면 되잖아. 다시 시작할 수 있어. 기껏해야 논문인데 뭘……. 그래, 나는 이렇게 살아 있잖아…. 까짓 논문."

장영희는 다시 일어났습니다. 그리고 1년 동안 다시 열심히 논문을 써서 결국 전보다 더 훌륭한 논문을 완성해 냈습니다. 그녀의 박사 논문 헌사에는 이렇게 써 있습니다. 이 헌사는 그녀가 얼마나 범사에 감사하는 마음으로 살았는지를 잘 보여줍니다.

"내 논문 원고를 훔쳐 가서 내게 삶에서 가장 중요
한 교훈, '다시 시작하는 법'을 가르쳐 준 도둑에게
감사합니다."

넘어지지 않는 것보다 중요한 것은 다시 일어나는 법

그녀는 논문 원고 묶음을 잃어버린 경험을 통해서
절망과 희망은 늘 우리 곁에 가까이 있다는 것을 깨달
았습니다. 그녀야말로 신이 우리에게 보내준 희망의
대사大使라고 해도 과언은 아닐 것입니다. 그녀는 항
상 희망은 고귀한 인간에게 없어서는 아니 될 최고의
덕목이라고 말해 왔습니다. 인간에게 희망이 얼마나
중요한지 강조하며 그녀는 이렇게 말했습니다.

"희망을 가지지 않는 것은 죄다. 빛을 보고도 눈을
감아버리는 것은 자신을 어둠의 감옥 속에 가두어
버리는 자살행위와 같기 때문이다."

누구에게나 좋은 일이 있으면 나쁜 일도 찾아드는
법입니다. 문제는 그것을 어떻게 대하느냐 이겠지요.

장영희는 절망과 희망은 선택이라고 말합니다. 절망이 찾아오면 넘어져서 주저앉기보다는 차라리 다시 일어나 걷는 것이 편하다고 합니다. 장영희는 넘어지지 않는 것보다 중요한 건 다시 일어나는 법을 아는 거라고 기회 있을 때마다 말했습니다. 그녀는 우리가 험난한 인생 여정에서 넘어질지라도 절망하지 않는다면 언제든 다시 일어설 수 있다고 확신했습니다. 장영희에게는 어떠한 상황에서도 희망만 선택하면 인생은 살 만하다는 자신감이 머리끝에서부터 발끝까지 차 있습니다. 언젠가 그녀는 한 신문사에 "어쩌면 우리 삶 자체가 시험인지 모른다"고 하는 제목의 칼럼을 기고했습니다.

"신은 다시 일어서는 법을 가르치기 위해 넘어뜨린다고 나는 믿는다. 넘어질 때마다 나는 번번이 죽을힘을 다해 다시 일어났고, 넘어지는 순간에도 다시 일어설 힘을 모으고 있었다. 그리고 그렇게 많이 넘어져 봤기에 내가 조금 더 좋은 사람이 되었다고 난 확신한다."

살아온 기적이 살아갈 기적이다

장영희는 1985년 박사 학위를 받고 귀국해 모교인 서강대학교 영어영문학과 교수로 부임했습니다. 탁월한 영문학자로 활동하면서 그녀는 주옥같은 글들을 내놓기 시작했습니다. 그녀의 글에는 늘 삶에 대해 당당하지만, 소녀 같은 싱그러움과 겸손함이 배어 있습니다. 그녀가 한 땀 한 땀 직조해 내놓은 글들은 많은 사람들에게 고단한 삶을 이겨내고 용기와 희망을 불러 일으켰습니다. 1981년 김현승의 시를 번역, 한국문학번역상을 수상할 때부터 돋보이기 시작한 장영희의 문학적 재능은 2002년 출간한 **내 생애 단 한 번**이라는 에세이집에서 유감없이 드러났습니다. 이 책은 베스트셀러를 기록하면서 장영희만이 가질 수 있는 독특한 문학적 체취를 통해 우리의 마음에 감동을 선사했습니다.

장영희는 대중들로부터 많은 사랑을 받았습니다. 그런 장영희를 운명이 시샘이라도 한 것이었을까요? 끊임없이 찾아든 질병은 그녀를 가만 놔두지 않았습니다. 암이 한 차례도 아니고 세 차례나 찾아왔던 것입니다. 하지만 그녀는 연거푸 찾아드는 절망과 고통 속에서도 결코 희망을 잃지 않았습니다. 몸이 너무 아파 학교에 나갈 수 없었던 장 교수는 집에서 연구년研究年을 보내면서 이런 말을 했습니다.

"누구나 늙어지면 후회하는 일이 세 가지가 있다고 하지요? '좀 더 참을 걸, 좀 더 베풀 걸, 좀 더 즐길 걸'이랍니다. 더 늙기 전에 나중에 후회를 덜하도록 좀 더 참고, 좀 더 베풀고, 좀 더 삶을 즐기는 법을 연구하는 색다른 '연구년'을 만들고 싶습니다."

장영희 교수에게 기적이란 하루하루 주어진 삶 그 자체였습니다. 그리고 기적이란 무슨 거창한 일이 아니라 소박한 삶에서 인내와 기대로 얻게 되는 그 무엇이라고 하였습니다. 그녀는 기적에 대해 이렇게 피력합니다.

"기적이란 다른 먼 곳에 있는 것이 아니다. 아프고 힘들어서 하루하루 어떻게 살까 노심초사하며 버텨낸 나날들이 바로 기적이다. 살아온 기적이 살아갈 기적이 된다."

평생을 장애와 암들로 살아야 했던 장영희 교수에게는 인생은 운명의 조합이었습니다. 그녀는 운명을 두려워하면서도 극복할 수 있는 것이라고 확신했습니다. 자신에게 닥치는 운명이 어떤 것이든 인간의 품격은 당당하게 자신의 운명을 개척하고 사랑하는 데서 얻어지는 것이라고 생각했습니다. '하필이면'이라는 운명적인 말도 장 교수에게는 축복의 말로 바뀌었습니다. 삶을 당혹하게 하는 '운명'에 대해 장 교수는 이렇게 말했습니다.

"나는 그때 마음을 정했다. 나쁜 운명을 깨울까 봐 살금살금 걷는다면 좋은 운명도 깨우지 못할 것 아닌가. 나쁜 운명, 좋은 운명 모조리 다 깨워가며 저벅저벅 당당하게 큰 걸음으로 살 것이다."

장 교수는 세 번째 암과 싸우면서도 희망의 끈을 놓지 않았습니다. 투병생활 중 그녀가 내놓은 책이 바로 **살아온 기적 살아갈 기적**입니다. 책장마다 삶의 온기와 정겨움이 묻어 있는 이 책에서 그녀는 어떤 절망적인 상황에서도 밝은 빛을 잃지 않았습니다.

"지난 3년간 내가 살아온 나날은 어쩌면 기적인지도 모른다. 힘들어서, 아파서, 너무 짐이 무거워서 어떻게 살까 늘 노심초사했고 고통의 나날이 끝나지 않을 것 같았는데, 결국은 하루하루를 성실하게, 열심히 살며 잘 이겨 냈다. 그리고 이제 그런 내공의 힘으로 더욱 아름다운 기적을 만들어갈 것이다."

'하늘도 무심하시지'라는 말은 정말이지 장 교수 같은 사람에게 딱 맞는 한탄인 것 같습니다. 장 교수에게 찾아든 운명은 가혹했습니다. "지금 힘겹게 살고 있는 하루하루가 바로 내일을 살아갈 기적이 된다!"라고 말하던 그녀는 애석하게도 57세를 일기로 하늘나라로 떠났습니다.

세상을 떠나기 직전 사랑하는 엄마에게 쓴 감사 편지

그녀는 생의 마지막 순간까지 기품을 유지했습니다. 우리가 보기에 천형天刑 같은 삶을 살았던 장 교수이지만, 장 교수는 정작 자기야말로 천혜天惠의 삶을 살았다고 말합니다. 그녀는 질병과 싸우는 동안 한 번도 신과 사람과 세상을 원망하지 않았습니다. 오히려 자기를 세상에 태어나게 해준 하느님과 자기를 아는 모든 사람들에게 감사했습니다.

장 교수가 제일 감사한 사람은 자기를 낳아 주고 돌보아 준 엄마였습니다. 장 교수의 어머니는 두 다리를 못 쓰는 초등학생 딸을 업어서 학교를 오갔습니다. 어머니는 눈이 오는 날에는 행여 딸이 넘어질까 봐 이른 새벽부터 집 앞 골목에 연탄재를 뿌려 놓았습니다. 장 교수는 그런 엄마에게 한없이 감사했습니다. 세상을 떠나기 전 그녀는 엄마에게 이런 감사편지를 남겼습니다.

"엄마 미안해, 이렇게 엄마를 먼저 떠나게 돼서. 내가 먼저 가서 아버지 찾아서 기다리고 있을게. 엄마 딸로 태어나서 지지리 속도 썩였는데, 그래도 난 엄마 딸이라서 참 좋았어. 엄마, 엄마는 이 아름다운 세상 더 보고 오래오래 더 기다리면서 나중에 다시 만나."

이 편지는 네 문장으로 되어 있습니다. 기력이 완

전히 소진된 장 교수는 이 편지를 완성하는 데 사흘이나 걸렸다고 합니다. 노트북 자판기로 마지막 힘을 다해 엄마에게 편지를 쓰는 동안 딸은 진정으로 엄마를 사랑하고 존경하는 마음을 가득 담았을 것입니다. "그래도 난 엄마 딸이라서 참 좋았어."라는 글에서 우리는 '그래도 감사합니다'라고 하는 감사의 아린 정겨움을 온맘으로 느껴 봅니다.

2019년 5월 9일은 장 교수가 세상을 떠난 지 10년이 되는 날입니다. 그날 추모 낭독회는 눈물바다를 이뤘습니다. 이해인 수녀는 '그리움도 들풀처럼 자라서'란 제목의 추모사를 읽어 장영희 교수를 그리워했습니다. 이해인 수녀는 "살아 있는 모든 날이 축복이고 생일이라고, 살아온 기적은 살아갈 기적이 된다."라는 장 교수의 말을 상기하며, "장 교수의 말은 힘찬 파도처럼 생기 있는 모습으로 다시 일어서게 하는 힘이 있었다."라고 고인을 추억했습니다. "푸념과 탄식으로 불평하던 시간을 감사와 희망으로 바꾸게 해준 그 글과 삶에 고마울 뿐"이라고 읽는 대목에서 이해인 수녀는 그리움의 정에 북받쳐 어깨를 들썩이며 울먹였습니다.

    소녀같이 해맑고 아침 이슬같이 영롱한 장영희 교수, '하루하루가 기적'이라며 삶의 소중함을 일깨운 그녀는 이제 우리 곁을 떠났지만, 그녀가 남긴 긍정의 희망과 당찬 꿈은 우리 가슴속에 계속 남아 있습니다. 그녀는 희망과 꿈을 감사로 뽑어냈습니다. 과연 그렇습니다! 장 교수는 삶을 일구어 나가는 지혜와 힘이 어디에서 나오는지를 우리에게 가르쳐 주었습니다. 그것은 바로 '감사'입니다. 어떤 환경에서든 좌절하거나 포기하지 않은, '그래도 감사'입니다.

    장 교수처럼 우리도 어떤 상황에서든 활짝 웃으며 모든 일에 감사하는 마음을 지니고 살면 원석 같은 내가 다듬어져 보석이 되어 아름답고 귀한 삶을 살 수 있지 않을까요? 바로 그럴 때 지나 온 우리 삶이 기적이었듯이 앞으로 살아갈 삶도 기적과 같을 것입니다. 장영희 교수의 '살아온 기적 살아갈 기적'은 그래서 우리 모두의 '살아온 기적 살아갈 기적'인 것입니다.

감사로
세상을 헤쳐 나간 사람들

2

감사는 엄마 품속에 잠든 아기가
새근새근 내쉬는 숨 같은 것

01
레나 마리아

극심한 장애의 몸으로
사랑과 용기를 전하는
가스펠송 가수

"저는 종종 제가 장애인인 것에 감사합니다.
제 삶에 있는 모든 것들에 감사하는 마음으로
노래를 부른답니다."

　10여 년 전 장애인을 위해 마련된 KBS 열린음악회 무대는 매우 특별한 사람이 등장해 이목을 끌었습니다. 그 자리에 나온 한 여성 때문이었습니다. 무대로 나오는 여성은 걸음이 정상인 것 같지 않았습니다. 나이가 많아봤자 40살이 채 안돼 보이는 그 여성은 얼핏 보기에 성악가나 가수 같지는 않았습니다. 여느 가수들처럼 키가 크거나 화려해 보이지 않았지만, 자그만 체구에는 왠지 모를 편안함과 여유로움이 배어 있었습니다. 황수경 아나운서의 짧은 소개가 있은 후, 그는 활짝 웃는 얼굴로 이렇게 말했습니다.

　"저는 제 삶에 있는 모든 것들에 감사하는 마음으로 노래를 부른답니다. 세상의 모든 사람들은 고귀해요. 하나님께서는 우리들 한사람 한사람을 특별한 목적과 남다른 이유로 창조하셨죠. 우리들 모두는 서로 달라요. 아마도 우리 인생은 때론 부족하게 살 때가 있고, 또 어떤 때는 아무 것도 없이 지내기도 합니다.

저는 두 팔이 없습니다. 그러나 노래를 잘하는 목소리를 지녔지요. 돈이 없다거나, 배운 게 없다거나, 온전한 신체를 가지고 있지 않다거나 하는 것들은 별로 중요하지 않다고 생각해요. 여러분은 나름대로 주변 사람과 다르게 무언가 중요한 것을 가지고 있어요. 우리 모두는 각기 동등한 가치와 삶의 의미를 가지고 있죠. 그래서 우린 모두 소중한 존재입니다.

제겐 즐거움과 삶에 대한 힘, 그리고 절대자에 대한 사랑을 노래할 수 있다는 것이 얼마나 소중한지 모릅니다. 자, 그러면 이제 우리들에 대한 하나님의 은총과 사랑을 노래하고 싶네요. 제가 부를 이 곡은 세계에서 가장 유명한 노래 중 하나죠."

천상의 목소리

말을 채 마치기도 전에 큰 홀은 천장이 떠나갈 듯한 우레와 같은 박수소리로 가득했습니다. 그와 동시에 작디작은 그 여성은 긴 목청을 뽑으며 영감 있게 노래를 부르기 시작했습니다.

나 같은 죄인 살리신 그 은혜 놀라와
잃었던 생명 찾았고 광명을 얻었네.

그녀는 뜻밖에도 한국어로 된 가사로 '나 같은 죄인 살리신'이란 찬송곡을 불렀습니다. 청중은 심장이 얼어붙는 듯했습니다. 그녀가 또렷한 한국어로 이 찬송곡 한 절을 불렀을 때, 청중은 마치 하늘에서 내려온 천사의 노래를 듣고 있지 않나 하는 착각이 들 정도였습니다. 영어 제목이 Amazing Grace인 이 찬송곡은 세계적으로 널리 알려진 곡입니다. 한국어로 된 나머지 가사는 이렇습니다.

큰 죄악에서 건지신 주 은혜 고마워
나 처음 믿은 그 시간 귀하고 귀하다

이제껏 내가 산 것도 주님의 은혜라

또 나를 장차 본향에 인도해 주시리

거기서 우리 영원히 주님의 은혜로

해처럼 밝게 살면서 주 찬양하리라.

노래가 계속되는 동안 방청석을 가득 메운 사람들은 하늘에 있는지 땅에 있는지 분간이 안되었습니다. 천상의 노래에 흠뻑 빠져 영혼이 쉼과 평화를 맛보았기 때문입니다. 이윽고 노래가 끝나자 수천 명의 방청객들은 찬탄과 함께 아낌없는 박수와 환호를 보냈습니다.

희망과 긍정의 아이콘 레나 마리아

이 여성은 다름 아닌 가스펠 가수 레나 마리아입니다. 극심한 장애를 가지고 태어났지만, 타고난 천상의 목소리로 세상에 용기와 희망을 전하는 레나 마리아는 우리 시대의 희망과 긍정의 아이콘입니다.

레나 마리아는 1968년 스웨덴의 한 마을에서 중증 장애인으로 태어났습니다. 엄마의 뱃속에서 막 나온 아기는 두 팔은 없고 한쪽 다리는 짧았습니다. 의사는 부모가 충격을 받을까봐 3일 동안이나 아기를 보여주지 않았다고 합니다. 엄마는 처음 갓난아기를 보고는 가엾은 생각이 들어 아기를 부둥켜안고 한없는 눈물을 흘렸습니다.

의사와 주변 사람들은 아기를 장애인 특수시설에 맡겨 길러야 한다고 부모에게 권유했습니다. 하지만 레나 마리아의 부모는 생각이 달랐습니다. 부모는 하나님이 장애인 딸을 주신 것을 오히려 축복이라고 여겼습니다. 엄마아빠는 기도하면서 딸을 키우자고 서로 약속했습니다. 그때부터 레나를 정상인으로 키우기 위한 부모의 헌신적인 교육이 시작되었습니다. 레나의 부모는 딸의 장애를 있는 그대로 받아들이고 주어진 환경에 철저히 적응하는 방법을 가르쳤습니다.

"레나야, 넌 혼자서 일어날 수 있어!"
"레나, 너는 뭐든지 할 수 있단다."

부모는 레나에게 격려하는 말뿐 아니라 진실로 레나의 모든 것을 사랑했습니다.

"그래, 우리 아가야. 엄마아빠는 너를 사랑한단다."
"자랑스러운 우리 레나, 너는 엄마의 기쁨이란다.
넌 전혀 이상하지 않아. 다른 사람들과 살아가는
방법이 조금 다를 뿐이지."

장애인 올림픽 4개 메달리스트

레나 마리아의 희망과 긍정은 이렇게 부모로부터
배우고 형성된 것이었습니다. 어려서부터 부모의 사
랑을 듬뿍 받은 레나 마리아는 늘 건강하고 밝고 명랑
하게 자랄 수 있었습니다. 수업 시간 선생님이 레나의
이름을 부르면, 얼른 손 대신 발을 들어 보이며 "네,
마리아예요."라고 대답했습니다. 레나는 누구와도 금
방 가까워졌습니다. 몸은 정상인과 달랐지만, 마음은
정상인으로 건강하게 성장했지요.

레나는 발가락으로 글씨도 쓰고 그림을 그리는가

하면, 커피도 끓이고 속옷도 입고 피아노도 칩니다. 또한 십자수도 놓고 요리도 하고 운전도 하지요. 이렇게 레나는 많은 재능을 가지고 있지만, 그중 가장 뛰어나게 잘 하는 것은 수영과 노래입니다.

부모님은 레나가 특히 수영을 좋아하는 것을 보고는 세 살 때부터 열심히 수영을 가르쳤습니다. 레나가 18살이 되던 1986년 스웨덴에서 세계 장애인 수영 선수권 대회가 열렸습니다. 레나는 50m 배영에 출전해 금메달을 목에 걸었습니다. 그 후로도 그녀는 세계대회에 나가 모두 4개의 메달을 땄습니다.

레나는 음악에도 특별한 재능을 보였습니다. 올림픽 금메달리스트인 레나 마리아는 스웨덴의 명문 스톡홀름 왕립 음악학교에 입학해 본격적으로 음악 수업을 들으며 실력을 쌓아 나갔고, 졸업 후 미국으로 가서 재즈와 가스펠을 배웠습니다. 그녀는 현재 가스펠 가수로 세계 각국을 돌며 즐겁게 활동하고 있습니다. 레나는 또한 자신의 라이프 스토리를 담은 발로 쓴 내 인생의 악보라는 책을 출간했습니다. 이 책은 9개 국어로 번역돼 세계적인 초베스트셀러가 되었습니다.

도전하는 순간 승리자다

신앙생활을 하는 데 가장 중요한 세 가지가 있습니다. '믿음, 소망, 사랑'입니다. 이 세 가지는 항상 있어야 합니다. 그런데 여기에 하나를 더 추가하고 싶은 것은 '감사'입니다. 감사가 그만큼 신앙생활을 하는 데 중요하다는 말이지요. 비단 신앙인뿐일까요? 신앙인이 아니어도 감사하는 마음으로 감사생활을 하는 사람은 얼굴에 빛이 나고 행동거지가 아름다울 수밖에 없습니다.

감사하게 산다는 것은 축복입니다. 똑 같은 조건이라도 감사하는 사람이 있고, 불평하는 사람이 있습니다. 누가 더 행복하게 살 수 있을까요? 감사하는 사람이 행복하지 않겠습니까?

그래서 감사는 선택입니다. 감사를 선택하든, 불평을 선택하든 그것은 자유입니다. 자신의 책임으로 감사를 선택할 수도 있고, 그것과는 정 반대로 불평을 선택할 수도 있습니다. 하지만 그 결과는 확연히 다릅니다. 감사를 선택하는 사람은 행복을 자기 것으로 만드는 반면, 불평을 선택하는 사람은 불행을 자기 것으로 만들지요.

또한 감사는 긍정입니다. 매사에 감사하는 사람은 실제 생활에서 긍정의 에너지가 넘칩니다. 긍정의 에너지는 마음속 이곳저곳에 응어리진 불평·불만·미움·시기·질투·불안·분노를 몰아내고, 그 자리에 믿음·소망·사랑·용서·기쁨·인내·관대와 같은 창조적인 것들로 가득 채워줍니다.

레나 마리아의 삶은 어려서는 부모의 사랑을, 성장하면서는 하나님의 사랑을 듬뿍 받아 삶 전체가 감사와 은혜로 가득 차 있습니다. 그녀는 감사가 무엇인지를 늘 의식하며 살았고, 삶의 현장에서 그 감사를 실천한 사람이었습니다. 그녀는 진실로 '감사의 사람'이었습니다. 레나 마리아는 자신이 장애인이라는 사실에 오히려 감사하고 있습니다.

"저는 종종 제가 장애인인 것에 감사합니다."

레나 마리아를 보십시오! 그는 우리 같은 정상적인

신체를 갖고 있지 않지만 생활하는 데 전혀 불편을 느끼지 않는다고 합니다. 하지만……실제로는 육체적으로 얼마나 불편하겠습니까? 그런데 레나는 그것을 불편으로 생각하지 않습니다. 그는 정상적인 신체를 가지고도 쉽게 포기하고 좌절하는 사람들을 향해 이렇게 충고합니다.

"멀쩡한 신체를 가지고도 도전할 줄 모른다면 그게 바로 장애입니다. 어떤 어려움이 있더라도 한계를 극복하기 위해 도전하는 순간 당신은 이미 승리자입니다. 저는 양팔이 없고, 똑바로 걸을 수도 없습니다. 하지만 저는 한 발로 그림을 그리고 피아노를 칩니다. 저는 수영선수였고, 올림픽에서 금메달도 따봤습니다. 당신은 스스로 처한 상황에서 어떤 일을 해낼 수 있나요? 간절히 원하고 노력한다면 무엇이든 이룰 수 있습니다. 가슴속 꿈을 이제 현실로 만들어 보세요."

아아! 레나 마리아는 정말이지 감사는 행복의 시작이란 것을 아는 사람입니다. 레나 마리아는 정말이지 '그래도 감사'하는 아주 대표적인 사람입니다. 팔 다리가 멀쩡한 우리는 어떠한 상황에서도 감사하며 사는 레나 마리아에게 짜장 부끄러움을 느낍니다.

그래요. 감사는 자기 자신과 자신을 둘러싼 주변의 모든 것들과 모든 일들과 모든 사람들을 기쁘게 받아들이지 않으면, 마음속에 깃들지 못하고 밖에서 마냥 서성이는 낯선 손님입니다. 그래서 감사와 기쁨은 반드시 같이 나는 비행기의 두 날개와 같은 것이죠.

우리 마음속에서 우러나는 기쁨과 감사는 무엇이 먼저일까요? 굳이 순서를 말하라면, 기쁨이 감사보다 먼저입니다. 성경도 기쁨을 기도와 함께 감사의 조건인 것처럼 말하고 있습니다. "항상 기뻐하라, 쉬지 말고 기도하라, 범사에 감사하라"고 했거든요. 빈자貧者의 성녀 마더 테레사도 "감사를 표현하는 최상의 방법은 모든 것을 기쁨으로 받아들이는 것이다."라며 기쁨과 감사는 떼려야 뗄 수 없는 밀접한 관계에 있다고 말했습니다.

이렇게 우리 마음속이 기쁨과 감사로 충만하다면 행복은 저절로 찾아오는 것이죠. 미국의 인기 작가인

지그 지글러Zig Ziglar는 **정상에서 만납시다**See You At The Top라는 책에서 감사와 행복에 관해 이런 말을 했습니다.

> "감사와 행복은 함께 가므로, 감사하지 않는 행복한 사람 없고 감사하는 불행한 사람 없다."

왜 감사는 우리 삶에 이처럼 중요할까요? 그것은 감사가 우리 삶, 곧 나와 너의 삶을 행복하게 해주기 때문입니다. 감사는 이렇게 행복을 여는 문입니다. 그 문으로 들어가는 당신은 이 땅에서 아름답고 풍성한 삶을 살 뿐 아니라, 영원한 하늘나라를 소망하게 하는 믿음을 선물로 받습니다. 그렇다면 우리는 모든 일에 먼저 감사해야 하지 않겠습니까?

02
션–정혜영 부부

받은 사랑을
이웃에게 되돌려주는
연예계의
기부왕

"하나님께 넘치게 사랑을 받았으니 받은 사랑을
이웃에게 되돌려 줘야죠.
그런 마음으로 사니 하루하루가 기적 같아요."

　　2019년 5월 22일 방영된 연예 프로그램인 '라디오 스타'에는 특별한 손님이 출연했습니다. 짧은 장교 머리에 키가 크고 홀쭉하면서 단단하게 보이는 중년의 남자는 가수 션입니다. 션은 다둥이 아빠 자격으로 초대받았습니다. 그는 아내 정혜영과 사이에 아들 둘, 딸 둘을 가진 아빠입니다.

　　션과 정혜영은 연예계에서 기부를 제일 많이 하는 부부로 정평이 나 있습니다. 이날 진행자들은 션의 육아생활과 함께 기부액수와 기부금 수입에 대해 캐물었습니다. 션은 결혼생활 14년 동안 어린이와 장애인 등 불우한 이웃을 위해 기부한 기부금 총액이 45억원이라고 밝혀 사람들을 깜짝 놀라게 했습니다.

누군가 막대한 기부금의 출처에 대해 물었습니다. 짐짓 난처해하는 션에게 가수이자 작곡가인 주영훈 씨가 거들었습니다. "누구나 결혼하면 신혼집 마련이 꿈인데, 션-정혜영 부부는 자기 집을 가져본 적이 없다."고 하면서, "두 사람은 신혼시절 필리핀에 가서 불쌍한 아이들을 본 후론, 내 집 마련의 꿈을 일찌감치 포기하고 (내 집 장만을 위해) 모아 둔 적금 전액을 기부했다."고 전했습니다. 그러자 하얀색 셔츠를 입은 션이 이렇게 받아 말했습니다.

"우리 집은 하늘나라, 천국에 마련하려고요. 우리 부부는 늘 그런 변함없는 마음으로 기부활동을 하려고 합니다."

그렇게 말하는 션의 가늘고 작은 눈이 선하게 보였습니다. 진행자들은 모두 션에게 존경의 눈빛을 보냈습니다. 순간 장내 분위기는 경탄과 감동의 물결로 가득 채워졌습니다. 성스러움이란 꼭 교회나 성당에만 있는 게 아니라, 이처럼 TV 방송에서도 종종 나타나지요. 며칠 후 다른 TV방송 프로그램인 '연예가중계'에 나온 션은 자신의 기부금 총액이 53억원이라고 말했습니다.

연예계 최고 기부왕인 션─정혜영 부부. 이들은 누구이기에 보통 사람들이 흉내도 못 내는 삶을 살고 있는 것일까요? 이 부부가 이런 특별한 삶을 살 수 있도록 하게하는 원동력은 무엇일까요? 이 부부의 이야기를 들으면서 대체 산다는 건 무엇이고 어떻게 살아야 할지 우리로 하여금 곰곰 생각하게 만듭니다. 이제부터 이 가슴 뛰는 이야기를 들어 보겠습니다.

선행은 존재의 이유이자 삶의 전부

인기 가수 션이 인형보다 예쁜 정혜영에게 프러포즈를 한 것은 2000년 성탄절이었습니다. 그때 션은 여름 양복을 입고 길에서 한쪽 무릎을 꿇고 정혜영에게 반지를 건넸습니다. 정혜영은 당시 션의 멋진 모습을 생각하면 지금도 행복에 젖어든다고 합니다. 두 사람은 4년을 열애한 끝에 2004년 10월 결혼에 골인했습니다.

선－정 부부는 주위 사람들의 시샘을 받을 만큼 연예계에서 내로라하는 잉꼬 부부입니다. 선은 태어나서 자신이 제일 잘 한 일이 혜영을 아내로 선택한 것이라며 틈만 나면 자랑을 합니다. "혜영이는 하나님이 제게 주신 가장 큰 선물"이라고 공개적으로 밝혔을 만큼 아내 사랑이 대단하지요. 두 사람은 결혼생활 15년 동안 부부싸움을 한 적이 한 번도 없다고 합니다.

선은 부부관계에 대해 이렇게 말한 적이 있습니다.

"결혼이란 원석을 찾아내 보석으로 만들어가는 신나는 과정입니다."

남녀가 처음부터 보석이라고 여긴다면 살아갈수록 실망할 수밖에 없는 게 결혼생활이라고 말합니다. 실제로 선은 '착한 부부', '원조 사랑꾼'이라는 별명이 따라붙을 정도로 아내를 극진히 사랑합니다. 선은 또 네 자녀들의 육아도 기가 막히게 잘하는 것으로도 소문나 있습니다.

어려운 이웃에게 선행을 베풂으로 부부의 사랑이
날로 도타워지고 가정의 행복은 더욱 무르익어간다는
션-정 부부. 이 부부는 선행을 하는 게 그들의 존재
이유요 삶의 전부인 것처럼 보입니다. 그들은 왜 선행
에 그토록 목숨을 거는 것일까요?

착하고 아름다운 여자와 부부가 된 게 감사의 동기

션이 불우한 이웃을 위해 뭔가 도우며 살아야겠다
는 동기는 아주 소박합니다. "자기같이 볼품없는 남
자가 사랑하는 여자를 만나 한 가정을 이루게 된 것을
생각하면 할수록 감사하기 때문"이라고 합니다. 결혼
하자마자 두 사람은 매일 하루에 1만 원씩 따로 모아
나눔을 실천하자고 뜻을 함께 했습니다. 하루에 1만
원씩 떼어놓은 돈이 차곡차곡 쌓이면 1년이면 365만
원입니다. 션-정 부부는 모은 돈을 해마다 돌아오는
결혼기념일인 10월 8일에 기부하기로 계획했습니다.

2005년 정혜영은 첫째 아이를 임신했습니다. 션-
정 부부는 임신을 하나님의 축복이라고 여기고 감사

한 마음이 들었습니다. 그러한 마음이 들자 부부는 한국컴패션을 통해 케냐 어린이와 일대일 후원을 맺었습니다. 그것이 작은 밀알이 되어 2007년에는 6명을 후원하게 되었습니다.

이를 계기로 션-정 부부는 그 해 홀트아동복지회 홍보대사로 위촉되었습니다. 해외의 불쌍한 어린이들에 대한 션-정 부부의 도움의 손길은 다음 해 아내 정혜영이 필리핀을 다녀와서 100명으로 크게 확대되었습니다. 2011년엔 아이티 어린이 100명과 추가로 결연을 맺었습니다. 그렇게 점점 불어나 현재 후원하는 어린이는 무려 1,000명이나 된다고 합니다.

우리 집은 하늘나라에 있습니다

션이 불쌍한 아이들을 발 벗고 돕는 까닭은 가정사라는 숨은 내막이 있습니다. 서울 이태원에서 태어나 자란 션은 초등학교 5학년 때 건설회사를 다니는 아버지를 따라 미국령 괌으로 이민을 가서 살다가 미국 캘리포니아로 이주했습니다. 션은 고등학교를 다닐 때 가출을 했습니다. 그때 막노동 현장을 전전하면서 고생깨나 하였다고 합니다. 그러나 막노동은 그의 인생에 소중한 경험이 되었습니다. 한국에 온 그는 가수로서는 성공했지만, 늘 영적인 목마름이 있었습니다. 영원과 진리, 그리고 선에 대한 갈망이 있었던 것입니다. 션은 엎드려 신께 기도하고 또 기도하며 질문했다고 합니다.

"주님, 제가 어떻게 살아야하겠습니까? 어떻게 살아야 제가 가치 있는 삶을 살까요?"

션은 이 기도에 응답을 받았다고 합니다. 그것은 가난하고 힘든 사람들을 위해 살라는 것이었습니다. 불쌍한 이웃을 위해 살아야겠다는 션의 다짐은 착하고 아름다운 아내 정혜영을 만나 가정을 이루면서 탄력을 받게 되었습니다. 션-정 부부가 불쌍한 사람들을 위해 살아야겠다는 야무진 각오는 집을 사는 것을 포기하고, 그 돈으로 불쌍한 아이들을 후원한 데서 잘 나타납니다. 그들은 집을 사기 위해 모아둔 돈으로 가난하고 버려진 200명의 해외 어린이들을 후원했습니다. 훗날 한 기자가 정혜영에게 물었습니다.

"이런 엄청난 일을 션이 계획한 거였나요?"

정혜영이 해맑게 웃으며 대답했습니다.

"아니요. 그건 하나님의 계획이었어요."

열심히 번 돈을 가련한 이웃을 위해 쓰는 션-정혜영 부부는 정작 자기네는 적금도 보험도 들어놓은 게 없고 또 집도 없지만, 마음은 언제나 부자이고 하루하루가 행복하다고 말합니다. 힘들거나 어려운 일이 있을 때에도 낙심치 않고 그 안에서 감사를 찾는 사람 션. 아내에게 가장 멋진 남편이 되고 싶어 꾸준히 몸관리를 한다는 션. 남편에게 늘 감동을 주는 아내 혜영. 션은 나중 자신의 묘비명에 "사랑을 알고 사랑을할 줄 아는 혜영이의 남편"이라고 적으면 좋겠다고 합니다.

"우리 집은 하늘나라, 천국에 마련하려고 합니다." 라고 말하는 션과 정혜영. 듣기만 해도 놀랍지 않습니까? 어떻게 이들은 이런 말을 고민하는 기색조차 없이 거침없이 내뱉을 수 있을까요?

나는 이 천사 같은 부부가 이웃을 위해 사는 힘과

능력의 원천이 기독교 신앙에 있다고 생각합니다. 션-정 부부는 기회 있을 때마다 "하나님의 사랑을 이미 넘치게 받았다."고 하면서, "사랑을 받았으니 이제는 받은 사랑을 남들에게 되돌려 줘야 한다."고 밝히곤 하였죠. 그 선한 생각은 이 땅에 살면서 집이 없어도 얼마든 살 수 있다는 자신감으로 나타났습니다.

기독교인은 예수를 믿고 죽은 후 가는 곳을 천국이라고 믿지요. 육신을 가진 우리는 이 땅에 사는 동안 편히 살고 싶어 합니다. 천국에 집이 있다는 것을 어찌 상상이나 하겠습니까. 무엇 하나 부족한 게 없어 보이는 션-정혜영 부부는 천국에 가서나 자기들이 살 집을 마련한다니, 정말로 놀랍고 대단한 믿음이 아닐 수 없습니다.

션-정혜영 부부가 이런 말을 하는 것은 하나님을 알고 은혜를 많이 받은 사람이기에 가능한 일입니다. 그들이야말로 진실한 크리스천이라고 할 수 있습니다. 예수님은 무엇을 먹을까, 무엇을 마실까, 무엇을 입을까 걱정하고 근심하고 두려워하는 제자들에게 이렇게 말씀하시며 위로하셨습니다.

"너희는 마음에 근심하지 말라

하나님을 믿으니 또 나를 믿으라

내 아버지 집에 거할 곳이 많도다

내가 너희를 위하여 거처를 예비하러 가노라"

(요한복음 14:1-2).

여기서 '내 아버지 집'이란 말할 것도 없이 하늘나라, 곧 천국을 가리킵니다. 천국을 믿는 사람도 이 땅에 살 때 좋은 집에서 살려고 노력합니다. 어쩌면 그건 당연한 인지상정이지요. 좋은 집에서 살고 싶어 하는 욕망은 젊은 나이일수록 더 할 것입니다. 그래서 땅이 아닌 하늘나라에 자기 집이 있을 것이라는 젊은 선과 정혜영의 믿음이 참으로 놀랍다고 하는 것입니다.

기독교에서 믿음이란 곧 사랑입니다. 믿음은 하나님 사랑과 이웃 사랑으로 나타납니다. 선-정 부부는 그 귀한 믿음을 삶에서 실천하는 사람들입니다. 그들 말대로 "믿음은 앎이 아니라 삶"입니다. 그 믿음을 가지고 그들은 인생의 우선순위를 분명히 해두었습니다. 첫째는 하나님 사랑, 둘째는 가족 사랑, 셋째는 이웃 사랑. 이 부부의 향기 듬뿍 머금은 삶은 메마른 땅에 단비 적시듯 사랑이 식은 우리의 가슴을 촉촉이 적셔줍니다.

선−정 부부는 삶에 지치고 찌든 우리를 행복으로 초대합니다. 그들은 우리가 주어진 삶을 어떻게 살아야 할지를 보여줍니다. 그것은 '감사하는 삶'입니다. 그렇습니다! 감사는 내 삶을 가장 행복하게 해주는 에너지 같은 것입니다. 제 아무리 좋은 자동차라도 연료나 전기 충전 같은 에너지가 없으면 꼼짝 못하고 서 있어야 하듯, 사람도 그 마음에 감사가 없다면 죽은 목숨이나 다름없습니다.

감사는 이렇게 우리를 행복으로 가게 하는 축복의 문입니다. 모든 행복은 감사에 잇닿아 있습니다. 감사는 그러한 무궁무진한 행복의 시작입니다. 그것은 열기 힘든 좁은 문이지만, 일단 그 문을 열기만 하면 문 뒤에 기름진 대지가 활짝 펼쳐져 있습니다. 그 아름답고 풍요하고 광활하고 빛나는 대지 위에 당신은 풀썩 드러눕고 걷고 뛰면서 환희의 탄성을 내지를 것입니다.

선-정 부부의 삶을 엿보면서 이런 생각을 해봅니다. 감사는 졸업장이 없다는 것을. 그것은 끝이 없는 과정이라는 것을. 감사는 아무리 지나쳐도 결코 과하지 않다는 것을, 아아, 감사는 우리의 소중한 삶을 행복하게 하는 미소입니다! 감사는 우리의 맑은 마음에 깃든 고결한 영혼입니다! 감사는 거친 세상을 사는 우리에게 크고 작은 기적을 만들어 냅니다!

감사가 이리 좋은데, 우리는 작은 것에도 감사해야 하지 않을까요? 감사가 이리 아름다운데, 우리 마음속에 감사꽃이 활짝 피어나게 해야 하지 않을까요? 감사가 이리 윤택한데, 다른 사람에게 베푼 것보다 받은 것에 감사해야 하지 않을까요? 감사가 이리 풍성한데, 잃은 것들보다 남아 있는 것들에 더 감사해야 하지 않을까요?

근육으로 단련된 몸매를 지닌 션은 조선일보가 주최하는 2019 춘천마라톤대회에 참가해 눈길을 끌었습니다. 이날도 그는 장애 아동들을 후원하는 캠페인을 벌였습니다. 그는 장애 아동 365명의 이름이 적힌 티셔츠를 입고 스터지 웨버 증후군을 갖고 태어난 한 장애인의 휠체어를 밀며 뛰었습니다. 션은 풀코스 레이스를 3시간 39분 2초로 완주했습니다. 이래저래 참 멋진 션입니다.

03
손양원

두 아들을 죽인 청년을
양아들로 삼은
사랑의 원자탄

"두 아들의 순교를 감사하며. 1만 원. 손양원."

　소록도. 한센병 환자들이 격리되어 사는 섬. 소록
도는 예쁜 이름과는 달리 한센병 환자들의 애환과 슬
픔이 섬 곳곳에 서려 있습니다. 소록도가 생기기 전
한센병 환자들을 돌보던 요양소는 여수에 있는 애양
원이었습니다.

　80년 전만 해도 애양원은 손가락과 발가락들이 떨
어져 나가고, 코도 떨어져 나가고, 얼굴은 뭉그러져
형체를 알아볼 수 없게 된 한센병 환자들로 넘쳐났습
니다. 일반인들은 병에 감염될까 봐 지레 겁먹어 환자
들의 근처에도 가길 꺼려했지요. 가족에게서조차 외
면받던 그들에게 다가가 피부에 약을 발라주고 입으
로 피고름을 빨아 내는 30대 후반의 사람이 있었습니

다. 그 사람은 바로 전도사 손양원이었습니다.

감옥생활도 '유익이요 축복' 이라고 말했던 사람

손양원. 기독교의 가르침인 사랑을 실천하고 믿음을 지키려다 순교. 주기철 목사와 함께 한국교회에서 가장 존경받는 목회자.

손양원 목사는 1902년 경상남도 함안에서 독실한 기독교 신자인 부모에게서 태어났습니다. 37세 때 평양장로회신학교를 졸업한 그는 1939년 애양원교회에 부임, 목회를 하면서 한센병 환자들을 돌보던 중 신사참배를 반대한 죄로 종신형을 선고받았습니다. 그때 손양원 전도사는 놀라기는커녕 의연하게 이렇게 말했다고 합니다.

"괜찮습니다. 나는 감옥에 있어도 예수와 함께 살 것이고, 밖에 나가도 예수와 함께 살 것이므로 어디든 상관없습니다. 감옥에서 지내는 것은 오히려 내게 유익이요, 하나님의 축복입니다."

사람들은 곧잘 '고난은 축복이다'라는 말을 쉽게 내뱉습니다. 하지만 고난에는 사람으로서는 감당하지 못할 한계상황도 있습니다. 그런 극심한 고난을 실제로 겪으면서 '고난은 축복입니다'라고 과연 말할 수 있을까요? 극한의 고난에 당면하면, 그때의 고난은 얼마간 유익은 될망정 선뜻 축복이라고 하기에는 망설여집니다. 그만큼 극심한 고난을 이기기는 쉽지 않습니다.

두 아들의 순교 – 그 아버지에 그 아들들

복역 6년째 손 목사님은 해방을 맞아 석방되었습니다. 그리고 출소 후 45세 때인 1946년에야 비로소 목사 안수를 받을 수 있었습니다. 그러나 모진 풍파를 견뎌 온 손양원 목사님의 시련은 이때부터 더욱 커졌습니다. 인간으로서는 차마 견딜 수 없는 끔찍한 고통들이 그에게 찾아온 것입니다.

손 목사님은 애양원교회현 성산교회에서 목회를 하면서 한센병 환자들을 열심히 돌보고 있었습니다. 그때

여순사건이 일어났습니다. 그 와중에 고등학교를 다니던 손 목사님의 장남과 차남이 예수쟁이라는 이유로 폭도들에게 붙잡혀 순교하게 되었습니다. 두 아들을 총으로 쏴 죽인 사람은 안재선이라는 폭도였습니다. 그때 큰 아들 동인은 25세, 작은 아들 동신은 19세의 꽃다운 나이였지요.

동신은 폭도들에게 심하게 맞아 머리에서 철철 피가 흘러나왔습니다. 그런 그는 죽기 전 찬송가 한 곡을 부르게 해달라고 간청했습니다. 그가 불렀던 찬송은 '하늘 가는 밝은 길이 내 앞에 있으니'였습니다. 그가 이 찬송가를 불렀을 때 그의 얼굴은 마치 스데반 같았다고 합니다. 둘째 아들 동신은 성난 폭도들을 만류하려고 붙잡힌 형을 따라갔다가 함께 죽임을 당하고 말았습니다. 그는 죽기 전 이런 기도를 올렸다고 합니다.

"아버지여 저들의 죄를 용서해 주옵소서. 저 사람들은 하나님을 잘 알지 못하기 때문에 죄를 짓고 있습니다."

동신의 기도는 십자가에 못 박혀 갖은 고난을 당하시고 숨을 거두시기 직전 예수님이 하신 기도와 같은 것이었습니다. 과연 그 아버지에 그 아들들이었지요.

원수를 양아들로 삼다

손 목사에게 두 아들의 죽음은 도저히 견딜 수 없는 고통이었습니다. 손 목사님은 슬픔에 겨워 울부짖었습니다.

"신이시여, 꼭 이래야 되겠습니까? 제 고통은 어디까지입니까? 정말이지 이 시험은 제 믿음으로는 소화하기 어렵습니다."

그렇게 절규하며 기도하던 손 목사님에게 어떤 음성이 들려왔습니다.

"네 원수를 사랑하라."

그 음성과 함께 손 목사님의 비통한 마음에 갑자기

천국이 임했습니다.

'아, 그렇지! 사랑! 내가 왜 비탄에 빠져 허우적거리
고 있지?'

그런 생각이 와락 덮치자 마음 깊은 곳에 평화가
강물처럼 밀려왔습니다. 그리고 손 목사님은 자기 아
들을 죽인 학생을 그리스도의 사랑으로 품기로 마음
먹었습니다.

얼마 후 손 목사님의 두 아들을 죽인 안재선이 체
포되었습니다. 용서와 사랑의 마음으로 가득했던 손
목사님은 자신의 두 아들을 죽인 그를 위해 구명활동
을 했습니다. 그러나 그는 결국 사형선고를 받았습니
다. 이에 손 목사님은 사형장에서 눈물로 재판장에게
호소했습니다.

"아니 됩니다. 이 아이를 죽이면 내 아들들의 죽음
이 헛되이 돌아갑니다. 제가 이 아이를 회개시켜
내 아들로 삼아 새사람으로 살게 하겠습니다. 부디
이 아이를 살려주십시오."

그 외침은 사람이 도저히 할 수 없는, 오로지 성자만이 내뱉을 수 있는 그런 소리였습니다. 그 말을 들은 사람들은 마음에 깊은 감동을 받아 주체 없이 눈물을 흘렸습니다.

손양원 목사님의 9가지 감사, 그리고 감사헌금

두 아들을 먼저 하늘나라로 보내는 장례 날, 손양원 목사님은 조문객들에게 답례 인사를 했습니다.

"이 모든 일을 하나님께 감사하고, 오직 그분께 영광을 올려드립니다."

그렇게 말하는 목사님의 얼굴은 기쁨과 평화로 가득했습니다. 손 목사님이 감사하는 이유는 9가지였습니다.

첫 번째 감사: 나 같은 죄인의 혈통에서 순교의 자
    식들이 나게 하셨으니 감사합니다.
두 번째 감사: 허다한 많은 성도들 중에서 어찌 이

런 보배들을 주께서 하필 내게 맡겨 주셨는지 주님께 감사합니다.

세 번째 감사: 삼남 삼녀 중에서도 가장 아름다운 장자와 차자를 바치게 된 나의 축복을 감사합니다.

네 번째 감사: 한 아들의 순교도 귀하다 하거든 하물며 두 아들의 순교라니요. 감사합니다.

다섯 번째 감사: 예수 믿다가 누워 죽는 것도 큰 복이라 하거든 하물며 전도하다 총살 순교당함이라니요. 감사합니다.

여섯 번째 감사: 미국 가려고 준비하던 내 아들, 미국보다 더 좋은 천국에 갔으니 내 마음 안심되어 감사합니다.

일곱 번째 감사: 나의 두 아들을 총살한 원수를 회개시켜 내 아들 삼고자 하는 사랑하는 마음을 주신 하나님께 감사합니다.

여덟 번째 감사: 내 두 아들의 순교의 열매로 말미암아 무수한 천국의 아이들이 생길 것이 믿어지니 우리 아버지 하나님께 감사합니다.

아홉 번째 감사: 이 같은 역경 중에서 이상 8가지 진리와 하나님의 사랑을 찾는 기쁜 마음과 여유

로운 믿음을 주신 우리 주 예수 그리스도께 감
사, 감사합니다.

손 목사님은 위와 같이 그가 믿는 하나님께 9가지 감사를 드린 후, 끝으로 "나에게 분수에 넘치는 이러한 과분한 큰 복을 내려주신 하나님께 모든 영광을 돌립니다."라는 말을 겸손하게 덧붙였습니다.

장례예배는 슬픔보다는 감동으로 눈물바다를 이뤘습니다. 손 목사님은 장례 행렬의 맨 앞에 서서 걸으며 "영광일세 영광일세 내가 누릴 영광일세"라는 찬양을 불렀습니다. 목사님은 두 아들의 장례를 치른 것을 감사해 그 당시에는 큰돈이었던 1만 원을 봉투에 넣어 감사헌금으로 드렸습니다. 당시 목사님의 월 사례비는 80 원이었다고 합니다. 헌금 봉투에는 이렇게 쓰여 있었습니다.

"두 아들의 순교를 감사하며. 1만 원. 손양원."

2년 후 한국동란이 발발했습니다. 손 목사님은 피난을 가지 않고 교회를 지키다가 북한군에 붙잡혀 순교하셨습니다.

그 후 안재선은 세상의 눈을 피해 숨어 버렸습니다. 그는 그 후 결혼해 아들을 낳았는데, 그 이름이 안경선입니다. 안재선은 과거사를 비밀로 가슴에 안은 채 48세 나이에 암으로 죽었습니다. 고등학생이었던 안경선은 상주가 되어 부친의 장례를 치렀습니다. 부친의 빈소를 지키던 아들에게 한 중년 남자가 조문을 한 후, 상주인 안경선에게 "내가 네 작은 아버지다."라고 말하고는 책 한 권을 주고 돌아갔습니다. 사랑의 원자탄이란 책이었지요.

책을 준 사람은 다름 아닌 손양원 목사의 아들 손동길이었습니다. 아버지를 이어 목사가 된 그는 손양원 목사가 순교하던 날 새벽에 태어난 막내아들입니다.

책을 받아 든 안경선은 단숨에 책을 읽었습니다. 2년 전 교회 친구들과 함께 단체로 사랑의 원자탄을 감상했던 그는 영화의 주인공인 손양원 목사를 죽인 사람이 바로 자기 아버지라는 사실을 알고 놀라움과 충격을 금치 못했습니다. 그는, 손 목사님께 빚진 은혜를 갚는 유일한 길은 목사가 되어 손 목사님처럼 사랑을 실천하는 것이라고 생각했습니다. 그리고 정말로 자신의 다짐처럼 신학공부를 한 후 목사가 되었습니다.

손양원 목사님이 이 땅에 사신 날은 불과 48년밖에 되지 않지만, 그가 우리에게 남긴 유산은 실로 귀중합니다. 그는 세상의 욕망에 사로잡혀 사는 평범한 우리에게 어떻게 살아야 가치 있는 삶을 살 수 있는지를 보여 줬습니다. 그것은 바로 '사랑'과 '감사'입니다.

손양원 목사님은 하나님께 받은 사랑을 온 마음과 정성을 다해 이웃에게 실천한 진정한 신앙인이었습니다. 그 사랑은 무슨 일에든 늘 감사하는 데서 발현된다는 것을 목사님은 가르쳐 주었습니다. '사랑의 화신化神'이란 말이 있습니다. 이런 말을 갖다 붙여 쓰면 좀 머쓱합니다만, 손양원 목사님은 정말이지 '사랑의 화신'이었습니다. 그는 인간으로서는 도저히 감내할 수 없는 한계 상황에서도 '그래도 감사'하는 감사생활의 모범을 보여 주었기에, 두고두고 한국교회 교인들의 영원한 사표로 칭송을 받고 있습니다.

그러기에 그를 본받고자 하는 후대의 모든 크리스천은 주기철 목사님과 함께 그를 '성자'로 추앙하고 있습니다. 그가 걸어간 고난의 길, 용서의 길, 화해의 길은 이 시대를 사는 모든 사람들이 걸어갈 길이 아니겠습니까!

04
헬렌 켈러

보지도, 듣지도,
말하지도 못하는
장애를 딛고 일어선
인간 승리

"나는 나의 장애들에 대해 오히려 신께 감사를 드립니다.
그것들로 인해 나는 나 자신과 일과 그리고
나의 신을 찾았습니다."

2009년 10월 8일. 미국 국회의사당 방문객 센터에서는 낸시 펠로시 하원의장 등 의회 지도자들과 외빈들이 참석한 가운데 이색적인 행사가 열렸습니다. 동상 제막식이었습니다. 물건을 덮은 천을 벗기자 앳된 소녀가 한눈에 드러났습니다. 7세 소녀 동상이었습니다. 동상의 소녀는 수중 펌프로 퍼 올린 물을 손으로 만져보며 뭔가를 느끼고 있는 것 같았습니다.

사람들은 기쁜 얼굴로 요란하게 박수를 쳤습니다. 그리고 한 음절씩 "W-A-T-E-R"라고 말했습니다. 몇 사람은 이 익숙한 단어를 처음 접하기라도 하듯 다시 감격의 어조로 말했습니다.

"오우! W-A-T-E-R!"

이 동상의 소녀는 11살 때 이런 말을 해 세상을 깜짝 놀라게 했습니다.

"세상에서 가장 아름답고 소중한 것들은 보이거나 만질 수 없다. 그것들은 가슴으로 느끼는 것이다."

이 소녀가 바로 헬렌 켈러입니다. 초등학생에게 물어봐도 헬렌 켈러를 모르는 어린이는 없을 만큼 그녀는 20세기를 이끈 위인입니다. 헬렌 켈러는 전 세계에 희망과 복음을 심어준 미국의 작가이자, 교육가, 사회사업가, 그리고 진보적 사회 운동가입니다. 그녀는 비참한 삶을 살고 있는 사람에게도 고귀한 품격이 있다는 것을 알려 주며 인류 사회에 큰 희망을 던져 주었습니다.

헬렌 켈러는 보지도 듣지도 말하지도 못하는 3중 장애를 가진 사람이었습니다. 칠흑 같은 어둠, 끝이 없는 절망은 그녀를 짐승처럼 살 수밖에 없게끔 만들었습니다. 그런데도 헬렌 켈러는 그 처절한 역경을 잘도 이겨 냈습니다.

그런 그녀의 인간 승리의 모습은 고통당하고 좌절에 빠진 사람들에게 캄캄한 어둠을 뚫고 밝은 빛으로 나오도록 용기를 주었습니다. 그리고 혼란과 절망을 발로 밟아 버리고, 그 자리에 아름다운 질서와 벅찬 희망을 채우도록 도와 주었습니다. 그녀의 성스러운 영혼과 반짝이는 지성에 영감을 받은 사람들은 자기에게 주어진 삶이 얼마나 아름답고 가치 있는 것인지를 마음속 깊이 되새겼습니다.

헬렌 켈러의 스승 앤 설리반

헬렌 켈러는 1880년 6월 27일 미국 앨라배마 주의 부유한 가정에서 태어났습니다. 헬렌 켈러가 갓 태어났을 때는 보통 아이들과 다를 게 없었지요. 헬렌은 여느 아이들처럼 1살 때 걸음마를 떼기 시작했습니다. 하지만 행복한 시간은 거기까지였습니다. 헬렌은 생후 19개월이 되었을 때 뇌막염으로 청각과 시각을 잃고 말았습니다. 청각과 시각의 상실은 어린 헬렌의 눈과 귀를 닫게 하였고, 명확한 소리도 낼 수 없게 만들었습니다. 그때부터 헬렌은 아무것도 들리지 않고 보이지도 않는 어두컴컴한 갓난아기의 무의식의 늪에 빠져버렸습니다. 헬렌은 훗날 어린 시절을 이렇게 회고하였습니다.

"내가 태어난 후에 처음 몇 년 동안 겪었던 일은 몇 가지만 생생하게 기억할 뿐, 나머지는 온통 감옥의 그림자 속에 파묻혀 있다."

헬렌의 부모는 딸을 세상과 의사소통 하게하려고 백방으로 노력했지만, 그때마다 번번이 허사로 돌아갔습니다. 헬렌은 심각한 장애로 인해 행동이 거칠고 난폭했습니다. 온종일 비명소리를 지르면서 아무 데나 발로 차고, 물건들을 긁고 다니기 일쑤였지요. 그러던 헬렌 켈러에게 큰 행운이 찾아왔습니다. 7살 되던 해에 앤 설리반이란 선생님을 만난 것입니다. 그 사건은 헬렌 켈러의 인생을 확 바꾸는, 일생일대의 커다란 기적이 되었습니다.

앤 설리반은 헬렌보다 나이가 14살 많았습니다.

헬렌 켈러를 처음 만났을 당시 그녀는 20살밖에 되지 않았습니다. 그러나 어린 나이에도 그녀는 성숙하고 사려 깊은 여성이었습니다. 시각 장애인 학교를 수석으로 졸업한 그녀는 또한 훌륭한 교육자이기도 하였습니다. 앤 설리반은 5살 때 트라코마로 시력을 잃었다가 14살 때 수술을 받아 겨우 앞을 보게 되었습니다. 그러기에 그녀는 누구보다 앞 못 보는 맹인에 대한 이해와 사랑심이 있었습니다. 헬렌 켈러는 스승을 처음 만난 날짜와 상황을 생생히 기억합니다.

"내 삶에서 가장 중요한 날은 바로 앤 맨스필드 설리반 선생님이 우리 집에 오셨던 날이었다. 그날은 내가 7살이 되기 3개월 전인 1887년 3월 3일이었다."

"나는 벙어리가 아닙니다"

"빛, 빛이여. 내게 오라!"고 소리 없는 아우성으로 몸짓하던 헬렌 켈러에게 사랑의 빛이 비추기 시작한 건 앤 설리반 선생님과의 극적인 만남이 있고 나서부터였습니다. 앤 설리번은 헬렌의 집에 오자마자 열성적으로 헬렌을 가르치기 시작했습니다. 설리반 선생님이 헬렌에게 맨 처음 가르쳐준 단어는 'D-O-L-L'이었다고 합니다. 'DOLL'은 우리말로 '인형'입니다. 설리반 선생님은 헬렌의 자그마한 예쁜 손에 이 단어의 철자를 한자씩 적어 주었습니다. 마침내 헬렌 켈러에게 언어의 비밀이 몸을 드러낸 순간이었습니다.

물건에 이름이 있다는 것을 안 헬렌은 놀라움을 금치 못했습니다. 그녀는 인형을 이리저리 만지며 생동하는 생명의 기운으로 몸을 파르르 떨었습니다.

며칠 후 설리번은 헬렌을 수중 펌프가 있는 곳으로 데려갔습니다. 앤 설리번은 펌프에서 나오는 차가운 물을 헬렌의 손에 쏟아 주고는 'W-A-T-E-R'물라는 단어를 손바닥에 썼습니다. 헬렌 켈러는 그때의 환희를 훗날 이렇게 술회했습니다.

"시원한 물줄기가 한 손 위로 쏟아지자 그녀는 처음에는 천천히, 그 다음에는 빠르게 W-A-T-E-R'라는 단어를 다른 손 위에 한자 한자 써 나가기 시작했다. 나는 그녀의 손가락 동작에 온 신경을 집중하면서 가만히 서 있었다. 문득 잊혀진 것—생각의 회답의 전율과 같은 희미한 의식이 느껴졌다. 그리고 어떤 언어의 신비가 내게 모습을 드러냈다. 바로 그때였다. 나는 'W-A-T-E-R'가 내 손 위에 흐르고 있는 멋지고 차가운 물질을 뜻한다는 걸 깨달았다. 그 살아 있는 단어가 내 영혼을 일깨우면서 빛과 희망, 기쁨, 그리고 자유를 선사했다. 여전히 넘어야 할 장애물이 많았지만, 정말이지 때가 되면 그것들은 감쪽같이 사라져 버릴 것이다."

글을 익히게 되면서 헬렌 켈러의 정신세계의 나래는 활짝 펼쳐졌고, 그녀의 삶은 하루가 다르게 기쁨으로 충만해져 갔습니다. 그녀는 눈으로는 보지 못했지만 마음으로 볼 수 있게 되었고, 귀로는 듣지 못했지만 마음으로 들을 수 있게 되었으며, 명확한 말은 할 수 없었지만 더듬거리며 말할 수 있게 되었습니다. 그녀는 이렇게 말했습니다.

"시각 장애인으로 태어나는 것보다 더 비극적인 일은, 앞은 볼 수 있으나 비전이 없는 것이다."

섬세하고 풍부한 감수성과 촉수같이 정교한 지성을 가진 헬렌 켈러는 문학에 타고난 재능을 보였습니다. 헬렌 켈러가 대학시절에 쓴 자전적 에세이집 내 삶의 이야기에 나오는 이 글을 보십시오! 그녀가 문학에 얼마나 깜짝 놀랄 만한 재능이 있었는지를 알게 해 줍니다.

"다시 한 번 발아래 부드럽고 봄기운 나는 대지를 느끼고, 잔물결 이는 악보 같은 폭포에 손가락을 적실 수 있는 양지바른 개울가로 이어지는 풀밭길을 따라가거나, 돌담 위를 쿵쿵거리며 굴러가 요란한 푸른 들판으로 기어오른다는 것은 얼마나 기쁜 일인가!"

젊은 날 헬렌 켈러는 한쪽 눈이 튀어나와 두 눈을 파란 유리알로 교체하지 않으면 안 되었습니다. 그런데도 원래부터 미인인 헬렌 켈러는 정상인 못지않은 아름다운 용모를 지닐 수 있었습니다. 1900년 헬렌 켈러는 오늘날 하버드대학교인 래드클리프대학교에 입학하였습니다. 그녀는 입학식 날 활짝 웃으며 이렇게 말했습니다.

"나는 벙어리가 아닙니다."

4년 후 헬렌 켈러는 청각 장애인으로는 처음으로 4년제 대학을 졸업했습니다. 설리반 선생님은 대학생활을 같이 하면서 헬렌의 손에 강의 내용을 철자해 주고, 학업에 필요한 정보들을 전달해 주느라 하루 일과의 대부분을 헬렌과 함께 보냈습니다. 문학과 자연을 사랑하고 열정과 동정심이 많은 스승의 성품은 자연스레 제자에게까지 스며들었습니다. 헬렌 켈러는 5개 국어를 말할 수 있게 되었고, 지식이 크게 늘었으며, 글쓰기 능력은 놀라울 정도로 향상되었습니다.

54살 때 앤 설리반도 그나마 있던 시력을 완전히 상실하게 되었지만, 언제나 헬렌 켈러 옆에 있어 주었습니다. 그렇게 헬렌 켈러와 앤 설리반은 한 몸이나 마찬가지였습니다. 헬렌 켈러가 있는 곳에는 언제나 앤 설리반이 있었습니다. 헬렌 켈러의 위대한 활동은 이렇듯 평생 동반자인 앤 설리반이 없었더라면 불가능한 것이었습니다. 작가이자 사회 운동가로서 헬렌 켈러의 명성은 전 세계적으로 퍼져나갔습니다. 헬렌 켈러는 장애로 살아가는 사회적 약자들을 위해 앤 설리반과 함께 39개국을 돌아다니며 강연을 했습니다.

20세기 가장 널리 존경받는 인물 헬렌 켈러

헬렌 켈러와 앤 설리반의 이야기는 몇몇 영화로도 나왔습니다. 1959년 개봉된 미라클 워커는 아카데미 주연상과 조연상을 수상했습니다. 2005년 개봉된 블랙은 헬렌 켈러의 어린 시절부터 대학교 졸업 때까지의 실화를 그렸습니다.

보지 못하고, 듣지 못하고, 말하지도 못한다는 것은 광막하고 캄캄한 어둠의 공간에 있는 것과 같습니다. 그래서 그 공간은 어둠으로 칠해진 검정색이라고 할 수 있습니다. 헬렌 켈러의 삶은 그런 깊은 어둠에서 빛으로 나온 삶이었습니다. 보지 못하는 맹인이 보게 되었고, 듣지 못하는 귀머거리가 듣게 되었고, 말할 줄 모르는 벙어리가 말을 하게 된 것이지요!

그녀는 존재만으로 위대한 전설이 되었고, 그녀가 이룬 성취는 인간 승리의 표본으로 칭송을 받았습니다. 작가, 교육자, 사회 운동가, 그리고 인도주의자로서 많은 업적을 남긴 그녀는 1964년 린든 존슨 대통령으로부터 자유 훈장을 받았으며, 이듬해에는 여성명예의 전당에 올랐고, 전 세계 대학들로부터 법학 박사 등 여러 개의 명예박사 학위를 받았습니다.

헬렌 켈러 여사는 1968년 87세를 일기로 뇌졸중으로 영면했습니다. 1999년 갤럽은 헬렌 켈러를 20세기 가장 널리 존경받는 인물 18인 중 한 사람으로 선정했습니다.

헬렌 켈러에게서 배우는 '감사'

'기적의 사람' 헬렌 켈러가 극심한 장애를 극복하고 인류 사회에 눈부신 공헌을 할 수 있었던 힘은 무엇이었을까요? 그것은 감사하는 마음과 신앙심 아닐까 합니다. 헬렌 켈러는 스승인 앤 설리반에게 늘 감사했습니다. 앤 설리반은 숨을 거둘 때까지 헬렌 켈러와 무려 49년을 함께 지내며 그녀의 모든 것을 제자에게 주었습니다. 앤 설리반이 70세의 나이로 눈을 감을 때 헬렌은 이 고마운 스승의 손을 마지막까지 꼭 붙잡고 놓지 않았다고 합니다. 스승을 존경하고 사랑하는 제자의 마음은 나의 스승 설리반Teacher: Anne Sullivan, 1955이란 책에 담아 출간될 정도로 갸륵했습니다.

헬렌 켈러는 "세상이 비록 고통으로 가득하더라도 그것을 극복하는 힘도 가득하다."며 삶을 낙관했습니다. 그는 또한 "중요한 것은 우리에게 일어나는 일이 아니라, 우리에게 일어나는 일에 어떻게 반응하느냐다."라며 어떤 시련과 난관에도 긍정적으로 살 것을 주문했습니다. 어떠한 환경에도 삶을 긍정하고 낙관한 헬렌 켈러의 인생관의 중심에는 신께 대한 감사가 있었던 것입니다. 그녀는 이렇게 말했습니다.

"나는 나의 장애들에 대해 오히려 신께 감사를 드립니다. 그것들로 인해 나는 나 자신과 일과 그리고 나의 신을 찾았습니다."

헬렌 켈러는 자기에게 주어진 어둡고 조용한 세월 동안 신은 자기도 모르는 목적을 위해 자기의 삶을 사용하신다고 믿었습니다. 그러기에 그녀는 당당히 "우리는 가진 것 때문에 감사하는 것이 아니라, 우리의 되어진 그것으로 인해 감사한다."고 말할 수 있었습니다. 그 때문에 그녀는 우리에게 범사에 감사하며 살라고 말합니다. "우리는 불평을 가짐으로 불평을 말하게 되는데, 모든 것을 참고 감사하면 불평은 사라진다."며 그 자신 늘 감사하며 살았습니다. 감사하며 살 때 희망은 싹트는 것이기 때문입니다.

기회 있을 때마다 그는 "희망은 인간을 성공으로 인도하는 신앙이다. 희망이 없으면 아무것도 이룰 수 없다."고 하였습니다. 그는 감사는 희망을 낳고, 희망은 행복을 낳는다고 생각했습니다. 역경과 시련을 극복하는 위대한 힘은 '감사'라고 하면서 그는 이렇게 말했습니다.

"행복의 한쪽 문이 닫히면 다른 쪽 문이 열린다. 그러나 종종 우리는 너무 오랫동안 닫힌 문을 낙심과 비통함으로 보므로 우리를 위해 열려 있는 문을 기쁨과 감사로 예견하지 못한다."

범상한 우리는 현재 부족한 것들에 불만을 품지만, 헬렌 켈러는 현재 가지고 있는 것들에 감사하며 자유하고 있지 않습니까? 진정 헬렌 켈러는 어떤 경우든 낙심하거나 포기하지 않고, 그 상황에서 기쁨과 희망을 발견하려는 '그래도 감사합니다'의 대표적인 사람이었습니다.

　감사의 조건들이 많다고 해서 마음속에서 감사가 절로 우러나는 것은 아닙니다. 많이 가지고 있든 적게 가지고 있든 가진 것의 소중함을 알 때 감사하게 되는 것이죠. 눈이 있지만 맹인같이 사는 사람들도 있습니다. 귀가 있어도 농인같이 사는 사람들도 많습니다. 입이 있어도 벙어리같이 사는 사람들도 있습니다. 모두 감사를 잃은 사람들입니다.

　보지도, 듣지도, 말하지도 못하는 헬렌 켈러도 감사하며 살았는데, 하물며 보는 눈이 있고 들을 귀가 있고 말할 입이 있는 정상인인 우리겠습니까? 가진 것을 잃고 나서야 그것의 소중함을 깨닫기보다는 잃기 전부터 그것의 소중함을 깨닫고 감사하며 산다면 더욱 행복한 사람이 아닐까요? 영국의 유명한 목회자요 설교자인 찰스 스펄전은 감사에 관한 설교를 많이 했는데, 그는 이런 말을 남겼습니다.

"신은 우리가 촛불을 보고 감사하면 전등을 주시고, 전등을 보고 감사하면 달빛을 주시고, 달빛을 보고 감사하면 햇빛을 주시고, 햇빛을 보고 감사하면 밝은 천국을 주신다."

헬렌 켈러는 사흘만이라도 자기 눈으로 세상을 볼 수 있는 게 소원이라고 하였습니다. 만일 기적적으로 더도 말고 사흘만 볼 수 있다면, 첫째 날에는 어린 시절 자기에게 다가와 바깥세상을 활짝 열어 보여준 사랑하는 앤 설리번 선생님의 얼굴을 오랫동안 바라보고 싶다고 했습니다.

둘째 날엔 새벽에 일찍 일어나 먼동이 터오는 광경을, 저녁에는 찬란하고 아름다운 저녁노을을, 밤에는 영롱하게 빛나는 별을 보고 싶다고 했습니다.

셋째 날엔 아침 일찍 큰길로 나가 부지런히 출근하는 사람들의 활기찬 표정을 보고 싶고, 점심 때는 아름다운 영화를 보고, 저녁에는 화려한 네온사인과 쇼윈도의 상품들을 구경한 후, 저녁에는 집에 돌아와 사흘간 눈을 뜨게 해 주신 하나님께 감사의 기도를 드리고 싶다고 했습니다.

아아! 보고 듣고 말한다는 건 우리에게 얼마나 큰 축복입니까!

05
박항서

사랑과 섬김의 리더십으로
베트남을 열광시킨
축구 영웅

"하나님, 감사합니다.
제가 베트남 사람들을 어떤 경우에도 저버리지 않도록,
늘 그 나라 사람들에게 감사할 수 있도록
제 마음을 주장해 주십시오."

2018년 9월 2일. 이날은 베트남이 독립을 선언한 국경일입니다. 국경일 축제를 더욱 뜨겁게 달군 건 영웅들이 귀환했기 때문이었습니다. 그 영웅들은 아시안게임 4강 신화를 이룩한 축구대표팀이었습니다. 영웅들을 태운 특별기는 물대포 사열을 받으며 활주로에 미끄러지듯 섰습니다. 이윽고 문이 열리고 영웅들이 모습을 드러냈습니다. 베트남 축구대표팀 박항서 감독과 선수들이었습니다.

영웅들은 특별기 앞에 깔린 레드카펫을 걸으며 환호하는 수많은 팬에게 손을 흔들면서 보무도 당당히 걸어 나왔습니다. 그들을 태운 차들이 지나가는 길마다 북을 치거나 나팔을 부는 시민들의 환호 행렬이 이어졌습니다. 경기장을 가득 메운 수만 명의 시민들은 영웅들의 대장 박항서 감독이 무대에 오르자 우레와 같은 박수를 치며 함성을 질렀습니다. 감격에 겨운 박항서 감독이 예의 수줍은 얼굴로 입을 열었습니다.

> "베트남 국민께서 우리 축구팀에 많은 관심과 응원을 보내 주신 데 대해 감사의 말씀을 드리고 싶습니다. 꼭 동메달을 목에 걸고 귀국하려고 했지만, 실패했습니다. 실패를 거울삼아 스즈키컵에 도전하도록 하겠습니다."

이 말을 하면서 박 감독은 중간중간 목이 메는지 말을 잇지 못했습니다. 그로부터 70일 후 박 감독은 약속을 지켜 냈습니다. 그가 이끄는 베트남 축구대표팀이 동남아시아의 월드컵이라 불리는 AFF 스즈키컵에서 기적같이 우승을 한 것이지요.

히딩크의 그늘에 가려 있던 작은 거인

박항서. 뭔가 딱 꼬집어 특출나다고 말하기에는

너무나 평범한 사람. 그는 한마디로 특징이 없는 게 특징인 사람입니다. 외모가 잘 생긴 편도 아니고, 말을 잘 하는 것도 아닙니다. 심지어 평생 직업으로 선택한 축구선수 경력도 화려하지 못합니다.

하지만 그가 걸어온 삶의 발자국만큼은 굵고 선명합니다. 그는 축구를 통해 이기적이고 냉소적인 현대인들에게 '감사'가 무엇인지에 대해 계속해서 화두를 던져주고 있습니다. 이제부터 박항서의 성공비결, 아니 그의 치열한 삶에 왜 감사생활이 중요한 영향을 끼쳤는지를 살펴보겠습니다.

박항서는 1959년 경상남도 산청에서 4남 1녀 중 막내로 태어났습니다. 그는 축구를 좋아해 고교시절부터 본격적으로 축구를 배웠습니다. 그러나 그는 대학교와 실업 축구단에서 선수로 뛸 때는 돋보이지 않았습니다. 축구 국가대표 선수로도 2진에 선발되는 등 스타플레이어는 아니었지요. 1988년 선수생활을 은퇴한 그는 프로축구팀의 코치로 활동했습니다. 그는 결코 주목받는 축구인은 아니었던 것입니다.

그러던 그가 주목을 받기 시작한 것은 히딩크 감독이 이끈 국가대표팀의 수석코치로 발탁되면서부터입니다. 히딩크의 그늘에 가려져서 크게 눈에 띄지는 않았지만, 언뜻언뜻 관중들의 시선에 들어오는 그의 이미지는 선수들 틈에 끼어 왠지 더 작아 보이는 키에 몇 가닥 남지 않은 안쓰러운 머리칼을 가진 사람이었습니다. 그러나 그는 작은 거인이었습니다. 뛰어난 감독과 국가대표 선수들 사이에서 자수정처럼 조용히 빛나고 있었던 거죠.

그는 히딩크를 도와 우리나라에서 열린 2002년 FIFA 월드컵 4강의 위업을 달성하는 데 큰 공헌을 했습니다. 월드컵이 끝난 후 잠시 국가대표팀 감독을 맡았지만, 2002년 아시안 게임에서 동메달을 따는 데 그쳐 경질되고 말았습니다. 그 후 프로축구 감독 등을 맡아 재기를 노렸지만, 기대한 만큼 성과를 올리지 못했습니다. 박 감독은 많은 시련에 맞닥뜨렸습니다. 하지만 좌절하거나 포기하지 않고 그만의 길을 황소처럼 뚜벅뚜벅 걸어갔습니다.

축구 인생을 180도 바꾼 베트남 행

행운이란 우리 일생에 서너 번 찾아온다고 하던가요. 행운은 숱한 난관 속에서도 목표를 향해 올곧게 걷는 자에게 찾아올 때 그 진가를 발휘합니다. 오랜 세월 빛을 보지 못한 박항서 감독에게 찾아든 행운은 바로 베트남이었습니다.

베트남! 우리나라와는 멀고도 가까운 나라! 베트남 행은 운명처럼 그의 축구 인생에 엄청난 변화를 가져다 주었습니다. 베트남 행이 박 감독의 인생을 180도 바꿔놓을 줄은 박 감독 자신도 몰랐고 한국인 모두도 몰랐습니다.

그는 '축구 감독들의 무덤'이라는 베트남 축구 국가대표팀 감독을 맡았습니다. 2017년 10월이었습니다. 베트남 인들은 처음엔 외국인 감독을 달갑지 않게 여겼습니다. 그러나 그들은 박 감독의 다부지고 성실한 태도와 과학적 데이터를 바탕으로 선수들을 선발, 훈련시키는 것을 보고 차츰 호감을 갖기 시작했습니다.

한국인 박항서가 사령탑을 맡은 베트남 축구대표 팀이 뭔가를 보여준 것은 그리 긴 시간을 필요로 하지 않았습니다. 대표팀은 박 감독이 부임한 지 3개월 후 AFC U-23 챔피언십 준우승, 아시안게임 4강 신화 달성, 스즈키컵 우승, 아시안컵 8강 달성 등 기염을 토하며 베트남 축구 사상 최고 성적을 거두었습니다. 이러한 눈부신 성적의 중심에 박항서 감독이 있었습니다.

이렇듯 잇달아 날아든 승전보는 그때마다 베트남 국민들을 열광하게 만들었습니다. 그들은 자신들이 이룩한 놀라운 성과를 믿지 못하겠다는 듯 경이로움에 사로잡혀 서로 부둥켜안고 방방 뛰며 눈물을 흘렸습니다. 이제 베트남에서는 축구가 대체 불가한 '국기'國技가 된 느낌입니다. 가난하고 상처가 많은 그들은 그 성과로 인해 '할 수 있다'는 자신감을 회복했습니다.

박항서의 '파파 리더십'

베트남에서 박항서 감독의 인기는 히딩크 감독이

한국에서 누린 인기보다 훨씬 더하다고 합니다. 박항서의 리더십은 베트남은 물론 한국에서도 주목을 받고 있습니다. 약체 베트남 축구를 강력한 축구팀으로 바꿔놓은 비결이 무엇이냐 하는 것이 박항서 리더십의 요체입니다.

박 감독의 리더십은 '파파 리더십'으로 통합니다. '파파 리더십'이란 강력한 카리스마를 가지고 선수들을 엄히 훈련시키는 리더십을 말하는 것이 아닙니다. 그것은 자상하고 친절한 아버지처럼 선수들이 무엇을 필요로 하는지를 세심히 살피는 소통과 공감의 리더십을 말합니다. 박 감독은 수시로 선수들의 어깨를 토닥여 주거나 안아 주었습니다. 그럴 때마다 그는 선수들에게 이렇게 말하곤 합니다.

"너는 최고가 될 수 있어!"

삶을 이끄는 원동력은 기도에서 나오는 '감사'

세계적인 유명인사가 된 박 감독이 독실한 개신교

신앙인이라는 것을 알고는 화들짝 놀라는 사람들이 많습니다. 선수들을 따뜻이 격려하고 포용하는 박 감독의 소통과 공감의 리더십은 기독교의 사랑과 섬김의 정신에 토대를 둔 것입니다. 그 사랑과 섬김의 정신을 구체적인 삶의 현장에서 나오게 하는 힘이 뭔가 하면 바로 '감사'입니다.

박항서 감독의 축구 인생은 한국 축구 국가대표팀 감독을 잠시 맡은 이후로 평탄하지 못했습니다. 상품 가치가 다 한 '헌 차'처럼 보이는 그를 국내에서는 어느 축구팀도 거들떠보지 않았던 거죠. 그러던 그에게 베트남 축구협회가 러브콜을 보냈습니다. 그는 부인 최상아 권사와 함께 기도한 후 베트남에 가기로 결심했습니다. 형편없이 작은 연봉인데도 자신의 축구 인생에 또 한 번의 기회를 준 베트남 사람들에게 감사하는 마음이 넘쳤기 때문이었습니다. 그는 베트남으로 갈 결심을 할 때 눈물을 흘리며 기도했습니다. 그것은 어떤 상황에서도 자신의 마음이 절대로 변하지 않겠다는 서원기도였습니다.

"하나님, 감사합니다. 제가 베트남 사람들을 어떤

경우에도 저버리지 않도록, 늘 그 나라 사람들에게 감사할 수 있도록 제 마음을 주장해 주십시오."

베트남에 간 박 감독은 자기 존재를 알아준 베트남 축구협회와 국민들에게 더욱 감사를 느꼈습니다.

'아, 이 고마운 사람들에게
나는 무엇으로 보답할까'

감독으로서 그가 베트남 국민들에게 보답하는 길은 빛나는 축구 성적이었습니다. 그리고 선수들을 사랑으로 감싸 주고 섬기는 것이었습니다. 그는 발이 아픈 선수에게는 자기 손으로 마사지를 해주고 약을 바른 다음 붕대를 감아 주었습니다. 생일을 맞은 선수에게는 케이크를 사 가지고 와서 촛대에 불을 켜 진심으로 축하해 주는 것을 잊지 않았습니다. 비행기를 타면 좋은 자리를 몸이 불편한 선수에게 내줬습니다.

박항서 감독은 기도가 몸이 배어 있다고 합니다. 그는 현재 하노이 한인교회에 출석하고 있습니다. 원정 경기 등 피치 못할 사정이 아니면 주일에 꼭 교회에 나와 예배를 드리고 늦게까지 남아 기도한다고 합니다. 스즈키컵에서 우승한 뒤 그가 제일 먼저 한 일은 감사기도였습니다. 그 모습은 카메라에 포착돼 생중계되었습니다. 그는 이렇게 기도했다고 합니다.

"하나님, 정말 감사드립니다.
저의 간절한 기도를 들어 주셨습니다.
베트남 축구선수들을 더 열심히 지도하겠습니다."

기도를 마친 박 감독의 눈에 굵은 눈물이 고였습니다. 그는 우승 소감을 묻는 기자들의 질문에 울먹이는 목소리로 이렇게 말했습니다.

"많은 격려와 사랑을 준 베트남 국민들에게 진심으로 감사합니다. 이 우승의 영광을 베트남 국민에게 돌립니다. 저를 사랑해 주는 만큼 제 조국 대한민국도 사랑해 주십시오."

박항서 감독이 이끄는 베트남 축구는 2019년 12월 10일 동남아시아 경기에서 우승컵을 차지해 또 한 번 베트남 국민들을 열광의 도가니에 빠뜨렸습니다. 베트남 국민들은 서로 얼싸안고 60년 만에 이룬 우승의 감격을 나눴습니다. 거리에는 베트남 국기인 금성홍기의 붉은 물결과 환호 속에 태극기도 함께 나부꼈습니다. 베트남 국민들은 불가능을 가능으로 만든 한국인 박항서 감독에 대해 진심으로 감사와 존경을 표했습니다. 감사의 사람 박항서 감독은 또한 겸손한 마음을 지닌 사람입니다. 그는 이런 말을 했습니다.

"잘될 때가 있으면 언젠가 나락으로 떨어질 때도 있겠죠. 90분 만에 승패가 결정되는 게 축구 감독의 삶이죠. 인기는 연기처럼 사라지는 걸 알기 때문에 평범하게 살려고 노력합니다."

박항서 감독의 이 말에는 돈이건, 성공이건, 명예이건 어느 것에도 집착하지 않고 그저 무욕으로 살고자 하는 바람이 진하게 들어 있습니다. 그것은 일종의 무소유의 정신일 것입니다. '무소유' 하니까, 법정法頂 스님이 생각납니다.

길가의 예쁜 장미꽃은 가시가 돋아 있습니다. 가시가 없는 장미꽃은 하나도 없지요. 멀리서 보면 친근하고 상냥하게 보이는 매력적인 장미꽃이 가까이에서 보면 성난 고슴도치처럼 가시 돋쳐 있습니다. 똑같은 장미꽃을 보더라도 어떤 사람은 감사하는데, 또 어떤 사람은 정 반대로 투덜대지요. 법정은 똑같은 조건 아래서라도 사람마다 희로애락의 감도가 다름을 인정하면서, 자기는 기꺼이 감사를 택하겠다며 이렇게 말했습니다.

"아름다운 장미꽃에 하필이면 가시가 돋쳤을까 생각하면 속이 상한다. 하지만 아무짝에도 쓸모없는 가시에서 저토록 아름다운 장미꽃이 피어났다고 생각하면 오히려 감사하고 싶어진다."

외국인이 지은 감사 찬송 가운데 Thanks to God란 아름답고 은혜로운 가사와 선율이 있는 노래가 있습니다. 이 곡은 '날 구원하신 주 감사'란 제목으로 우리나라에서도 널리 불리고 있지요. 이 곡 3절에는 장미꽃 가시에 찔려도 감사하겠다는, 잔잔한 감동을 주는 감사의 고백이 있습니다.

길가의 장미꽃 감사 장미꽃 가시 감사

따스한 사랑의 가정 일용할 양식 감사
기쁨과 슬픔도 감사 하늘 평안을 감사
내일의 희망을 감사 영원토록 감사해.

박 감독은 국위를 높인 공로를 인정받아 2020년 8월 27일 베트남 축구계에서 외국인으론 최초로 베트남 정부로부터 훈장을 받았습니다. 박 감독은 자기 삶을 바꿔준 베트남이 너무너무 고마워 남은 축구 인생도 베트남에서 마무리하고 싶어 합니다. 베트남 축구가 동남아시아 지경을 넘어 올림픽과 월드컵에도 출전하기를 간절히 바랍니다. 박 감독이 가는 길이 탁 트이고 승리의 개가가 울려 퍼지기를 축복하며 응원합니다.

박항서 감독의 리더십은 마법의 매직이나 혹은 한때 지나가는 신드롬으로 그냥 넘겨버리기에는 아까운 특별한 가치가 있습니다. 그의 리더십에는 동서고금과 시대를 막론하고 귀하게 여기는 사랑과 섬김의 정신이 있습니다. 그것을 붙들고 사는 박항서의 삶의 중심에는 늘 감사가 있습니다. 감사를 잃은 이 시대 사람들이 박항서를 본받아야 할 이유가 바로 여기에 있습니다.

감사로
세상을 헤쳐 나간 사람들

3

감사**Thanksgiving**는 Thanks로 사례하고
Giving으로 주는 선물 같은 것

01
오드리 헵번

주변 사람들과
주변의 것들에
감사하며 살았던
은막의 요정

"좋은 일이란 당신의 무릎에 그냥 뚝 떨어지는 게 아니다.
신은 매우 너그러우시지만,
당신이 먼저 당신의 역할을 해주기를 바라신다."

만인의 연인 오드리 헵번

오드리 헵번은 영국 출신 배우로 20세기 할리우드의 황금시대를 빛냈던 대스타였습니다. 시대를 건너뛴 초절의 아름다움과 반짝이는 지성미, 그리고 우아한 기품을 지닌 헵번은 그녀가 활동한 당대나 팬들 곁을 떠난 지 27년이 지난 지금도 멋과 우아함의 대명사이자 영화와 패션의 아이콘입니다. 오드리 헵번의 손색없는 우아함과 거부할 수 없는 매력은 가히 전설적이라고 할 수 있습니다.

오드리는 만인의 연인이었습니다. 그녀에게는 '현대의 요정', '하늘에서 내려온 천사' 등 많은 애칭들이 따라붙었지요. 그녀를 향한 사람들의 애정이 얼마나 극성이었냐면, 수많은 사람들이 딸을 낳으면 오드리라는 이름을 붙여주었을 정도였으니까요. 미국 영화 연구소는 오드리를 여배우 중 스크린 전설 3위로 선정했습니다. 오드리는 또 국제 베스트 드레서 부문 명예의 전당에 오르기도 했습니다.

"역대 가장 아름다운 여성", "20세기 가장 매혹적인 여성" 오드리 헵번. 오드리는 1929년 영국인 아버지와 네덜란드인 어머니 사이에 벨기에 브뤼셀에서 태어나 영국과 네덜란드에서 자랐습니다. 오드리의 어머니는 네덜란드령 기아나 총독의 딸인 귀족 신분이었기 때문에 유년시절 오드리는 비교적 부유하게 살았습니다.

오드리는 발레 수업을 계기로 연예계에 발을 들여놓게 되었습니다. 1939년 9월 영국이 독일에 선전포고를 하자 오드리는 중립을 지키는 네덜란드로 가서 전쟁이 끝날 때까지 아르네헴의 한 음악원에서 발레를 배웠습니다. 그러던 중 그는 독일이 네덜란드를 침공하자 저항군에게 활동자금을 보내기 위해 공연활동을 펼치기도 했습니다. 오드리는 독일이 네덜란드를 점령하고 있는 동안 엄청난 고생을 하지 않으면 안 되었습니다. 먹을 게 없어 영양실조로 고통을 겪어야 했을 만큼 고생이 많았지요.

1945년 전쟁이 끝난 후 헵번은 네덜란드 수도인 암스테르담으로 이주해 발레 훈련을 계속했습니다. 그러다가 한 교육여행 영화에 출연한 것을 계기로 연기에 전념하기 위해 런던으로 이주했습니다. 오드리의 천부적인 연기 재능은 이때부터 두각을 나타내기 시작했습니다.

오드리 헵번은 1951년 브로드웨이에 진출해 미국인들로부터 주목을 받기 시작했습니다. 오드리를 영화사에 길이 빛날 대스타의 반열에 올려놓은 영화는 우리나라에서도 극찬리에 상영된 **로마의 휴일**입니다. 윌리엄 와일러가 감독한 이 영화는 1953년 개봉해 공전의 히트를 기록했습니다. 그레고리 펙과 열연한 오드리는 이 영화로 한해 동안 아카데미 여우주연상, 골든글로브상, BAFTA상영국 영화 및 텔레비전 예술상을 거머쥐며 일약 영화계의 스타덤에 올랐습니다.

오드리는 아카데미 여우주연상 후보만 해도 무려 다섯 번이나 이름이 올랐습니다. 평생 26개의 영화를 남긴 그녀는 아카데미상, 에미상, 그래미상, 토니상을 수상한 몇 안되는 배우들 중 한 명입니다.

스크린에서 오드리 헵번은 완벽 그 자체였습니다. 어떤 여배우도 그녀의 역할을 대신할 수 없을 만큼 그녀는 자기가 보여줄 수 있는 최고의 연기를 펼쳤습니다. 그녀만이 가지는 부드러운 감성, 경이로운 연기, 절제된 감정은 스크린에서 절묘하게 조화되어 아름다움의 극치를 자아냈습니다.

반짝이는 지혜, 영감, 그리고 파격

예쁘고 우아한 외모를 지닌 오드리 헵번은 동서양을 막론하고 팬들로부터 많은 사랑을 받았습니다. 그녀의 눈부신 매력은 그만이 가진 지성이 있었기에 가능했습니다. 그녀의 지성은 실존적 · 철학적 · 종교적인 것으로서, 그것은 지성이라기보다는 차라리 지혜라고 보는 게 타당할 것입니다.

어떤 사람들은 오드리를 보면 천사를 연상했습니다. 또 어떤 사람들은 오드리를 보면 행운의 여신으로 여겼습니다. 오드리는 하루하루를 행복하게 살려고 노력했습니다. 그녀는 행복이란 스스로 만드는 것이라고 확신했습니다. 행복이란 평범한 일상 가운데 이따금 맛보는 짜릿한 즐거움이란 것이죠. 그것은 판에 박힌 생활과 일상의 지루한 질서를 깨뜨리는 일종의 파격입니다. 그것은 적극적이고 진취적이며 창조적인 생각과 행동으로 취하는 어떤 것입니다. 다음과 같은 짧은 경구에는 오드리의 인생관이 짙게 배어 있습니다.

"나는 매일 적어도 한 번은 절묘한 순간이 있어야 한다고 믿는다."

반짝이는 지혜를 가진 그녀의 입에서 나오는 말은 음미할수록 그 뜻을 곱씹게 합니다. 그녀는 그와 시대를 함께 한 사람들에게 영감을 주는 많은 말들을 남겼습니다. 그는 자연에 대해 무한한 감사를 느꼈고, 가엾은 사람들에게 억제할 수 없는 애정을 느꼈습니다. 그는 또한 독서를 무던히도 좋아했습니다.

명랑하고 쾌활한 그는 삶에 대해 늘 긍정적이었고, 전 세계인들이 모두 함께 자유와 평화를 누리며 살기를 바랐습니다.

유니세프 친선대사 오드리 햅번

오드리 햅번은 남들이 흉내 낼 수 없는 연기로 은막을 빛낸 시대의 대스타였을 뿐만 아니라, 가난하고 불쌍한 어린이들을 진심으로 껴안고 사랑한 박애주의자였습니다. 흠잡을 데 없는 경력과 거부할 수 없는 매력을 가진 그녀는 많은 사람들로부터 아낌없는 존경과 찬사를 받았습니다.

오드리는 삐쩍 말라 보입니다. 마른 체형의 이유에 대해 2차 세계대전 당시 독일군 치하에서 생활할 때 먹을 게 없어 끼니를 거른 적이 많았기 때문이라고 그는 기회 있을 때마다 밝혔습니다. 그는 거의 굶어죽게 되었을 때 연합군이 공수한 음식으로 굶주린 배를 채웠다고 합니다.

이것은 오드리의 마음에 잊을 수 없는 기억으로 각인되었습니다. 오드리는 나이가 들면서 그 고마운 기억을 한시라도 잊은 적이 없었고, 마음속에서 뭉실 떠오를 때마다 그게 그렇게도 고마울 수 없었다고 합니다. 그럴 때면 오드리는 그 은혜를 반드시 되갚아야 하겠다고 다짐했습니다. 오드리에게 그것은 당연한 의무였습니다.

나치 치하의 네덜란드에서 겪은 경험은 오드리로 하여금 빈곤·질병·죽음·전쟁 등 나쁜 정치와 제도가 가져다 주는 폐해에 대해 관심을 갖게 하였고, 생애의 마지막 15년을 자선가로 활동하도록 하게 했습니다.

오드리가 가난하고 불우한 이웃에게 관심을 보이기 시작한 것은 젊었을 때로 거슬러 올라 갑니다. 오드리의 주변 사람들은 이 세기의 젊은 영화배우가 불우한 어린이에게 자선 성향을 보이기 시작한 것은 20대부터였다고 말합니다. 오드리 헵번은 20대 때 대흥행을 기록한 로맨틱 코미디 영화 **로마의 휴일**1953을 비롯, **사브리나**1954, **전쟁과 평화**1956, **화니 페이스**1957, **파**

계1959 등 대작에 잇달아 출연해 인기를 샀습니다.

오드리 헵번이 배우활동을 접고 자선가로서 대변신을 하게 된 것은 1988년 유니세프와 함께 에티오피아 선교활동을 떠난 게 계기가 되었습니다. 가난한 이웃을 위해 받은 은혜를 되돌려 주어야겠다는 오드리의 굳은 결심은 이때부터 마침내 본격적인 실천으로 옮겨졌습니다. 1989년 그는 유니세프 친선대사로 위촉되었습니다.

수년 동안 계속된 내분과 지독한 가뭄으로 전에 없는 재앙을 겪고 있는 에티오피아에 오드리 헵번이 선교활동을 떠났다는 소식은 세계인들에게 신선한 충격을 안겨 주었습니다. 오드리 헵번은 전쟁과 기아로 죽는 아이들을 보고 피를 토해 내듯 이렇게 절규했습니다.

"나는 가슴이 찢어진다. 절망을 느낀다. 2백만 명의 사람들이 곧 굶어 죽을 위기에 처해 있다는 생각에 괴로워 견딜 수 없구나."

에티오피아에서 돌아온 오드리는 지칠 줄을 모르는 야생마처럼 세계를 누비고 다녔습니다. 터키, 베네수엘라, 온두라스, 에콰도르, 과테말라, 엘살바도르, 방글라데시, 태국, 케냐, 수단, 베트남 등 자기를 필요로 하는 나라들을 열심히 방문하면서 여성들을 계몽하는 한편, 아이들에게 물과 음식과 약품을 공급하는 프로젝트를 추진했습니다. 오드리는 미국 의회에서 자신의 자선활동을 증언했고, 세계아동 정상회의에 참가했습니다. 그리고 유니세프 세계아동기금 보고서 발표, 필요한 재정을 모금하기 위한 자선 콘서트 투어 참여, 유니세프의 업적 홍보 등 눈부신 활약을 했습니다.

오드리 헵번을 사랑하는 우리나라 사람들도 가녀린 체구의 이 세기의 여인이 척박한 오지의 땅 아프리카 등지에 자선활동을 하러 떠났다는 소식을 듣고 크게 감동했습니다. "우리가 가장 아름다운 오드리 헵번을 만난 것은 '로마의 휴일'이 아닌 아프리카에서였습니다."라는 1990년대 삼성의 한 기업 광고 문구는 오드리 헵번의 자선활동이 우리나라 사람들의 심금을 얼마나 많이 울려줬나를 대변해 주고 있습니다.

1990년 오드리 헵번이 유니세프 친선대사로 마지막으로 방문한 나라는 800만 명이 굶주리고 있던 소말리아였습니다. 오드리는 소말리아의 어린이들에게 각별한 애정을 품고 있었습니다. 그런데 그는 선교활동 중 온몸이 부서질 듯 아프다고 호소했습니다. 그래도 그는 감사함으로 헌신했습니다. 사막을 가로지르는 힘든 여정을 강행하며 기아와 갈증으로 죽어가는 어린이들에게 아름다운 봉사의 손길을 내밀었던 것이죠.

오드리는 주위의 만류에도 병약한 몸을 이끌고 소말리아에 가서 어린이들을 돌보느라 급작스럽게 몸이 더욱 약해졌습니다. 병약한 상태에도 불구하고 그가 그처럼 치열하게 살 수 있었던 까닭은 삶에 대해 진지하고 긍정적이며 적극적인 태도를 가졌기 때문입니다. 오드리는 사람들이 각자의 위치에서 최선을 다하면 세상은 더욱 좋아질 거라고 말하곤 했습니다.

"좋은 일이란 당신의 무릎에 그냥 뚝 떨어지는 게 아니다. 신은 매우 너그러우시지만, 당신이 먼저 당신의 역할을 해주기를 바라신다."

국제사회는 가엾은 사람들에게 온정과 사랑의 손길을 뻗치는 오드리에게서 순수한 인간성과 낭만이 무엇인지에 대해 자극을 받았습니다. 유럽인들은 사람의 심금을 울리는 오드리의 경구를 들으면 영혼이 정화되어 오는 것을 느꼈습니다.

사람들은 그러한 오드리에게서 여성의 진정한 아름다움은 외적인 용모가 아니라, 영혼에 내재되어 있는 아름다움이라는 생각을 가지게 되었습니다. 오드리 자신도 여성의 아름다움은 외모에서만 아니라 내면에서 찾으려 했습니다. 언젠가 오드리는 여성의 아름다움에 이렇게 말했습니다.

"여자의 아름다움은 그녀가 입고 있는 옷이나 들고 다니는 모습, 머리를 빗는 방식에 있지 않다. 여자의 아름다움은 그녀의 눈에 보이는데, 그것은 그 아름다움이 그녀의 가슴으로 통하는 문간이며, 사랑이 깃든 곳이기 때문이다. 여자의 진정한 아름다움은 그녀의 영혼에 반영된다. 그것은 보살핌이다. 그리고 그녀가 보여주는 열정과 여자의 아름다움은 세월이 흐를수록 커지기만 하는 것이다."

그런데 아이러니하게도, 오드리 헵번은 이렇듯 전 세계에서 가장 아름다운 미녀로 찬사를 받았지만, 정작 자신은 외모가 예쁘지 않다고 생각했습니다. 할리우드의 다른 빼어난 배우들에 비하면 결코 자기 얼굴이 예쁘단 생각을 한 적이 없다고 고백했습니다. 그러나 오드리는 그런 용모를 가지고 태어난 것을 감사하게 여겼습니다.

죽음을 앞두고서도 감사하며 산 은막의 여왕

가난한 아이들을 향한 활화산 같은 열정과 휴식 없는 활동으로 오드리 헵번은 연약한 몸이 눈에 띄게 망가졌습니다. 그러잖아도 병치레가 잦았던 오드리는 말년에 몹쓸 암을 앓았습니다. 하지만 오드리는 죽음을 앞두고서도 결코 여유와 웃음을 잃지 않았습니다. 그의 열정적인 삶에는 늘 감사가 자리하고 있었기 때문입니다.

오드리는 항상 감사하며 살았습니다. 길가에 핀 꽃을 보며 감사하는가 하면, 꼬리를 흔들며 주인 뒤를 따라가는 강아지를 보면서도 감사를 느꼈습니다. 커피 한잔을 마시면서도 감사가 우러나온다고 했습니다. 발코니에 서서 야윈 볼에 쐬는 바람결에도 감사를 했습니다. 불쌍한 어린아이들을 품에 안고 돌본 것은 그녀의 가슴이 감사로 가득 차 있었기 때문입니다.

그 사람이 얼마나 행복한가는
감사의 깊이에 달려 있다.
How happy a person is depends on
his depth of gratitude.

존 밀러의 말입니다. 그렇습니다. 지극히 작은 것 하나에도 감사하는 마음은 세상을 바꾸는 힘이 있습니다. 이렇게 소소한 것에도 감사로 반응하는 오드리의 인생관은 불쌍하고 가련한 이웃을 섬기고 돌보는 사랑의 실천으로 나타나게 된 것입니다.

그런 오드리를 보면 아름다운 여성상이란 우아한 외모뿐 아니라 품위 있는 지성을 두루 갖춘 것이라는 생각을 하게 합니다. 그리고 감사한 마음을 붙들고 이웃과 모든 것들을 사랑하려고 했던 한 사람을 통해 우리들도 더욱 아름답고 풍성한 삶이 무엇인가를 배우게 됩니다.

야외의 한적한 뜰과 나무와 새와 꽃과 하늘을 좋아한 오드리 헵번. 어린이들이라면 목숨까지 바꿀 만큼 사랑했던 오드리 헵번. 내면에서 뿜어져 나오는 기품과 빛이 압도적이었던 그녀는 모든 인간에게 선한 것이 있다고 믿었습니다. 인간을 선하게 하는 것은 다름 아닌 감사입니다. 그리고 인간은 감사를 실천함으로써 선한 존재가 됩니다. 그녀는 감사가 얼마나 위대한 사랑의 실천으로 나타나는지를 우리에게 삶으로 증명해 보였습니다. 그러기에 그는 비록 우리 곁을 떠났지만, 불쌍한 이웃에 대한 그녀의 온정은 우리 마음속에 여전히 따스하게 남아 있습니다.

헵번이 얼마나 타인에 대한 배려와 섬김의 태도를 가지고 살려고 노력했는지는 그가 눈을 감기 1년 전인 성탄절 전날 밤, 자녀들에게 유언처럼 들려줬던 시에 잘 나타나 있습니다. 시간이 알려주는 아름다움의 비결Time Tested Beauty Tips이란 제목의 이 시는 미국 시인 샘 레벤스가 쓴 것인데, 헵번이 평소 애송하는 시였다고 합니다. 이 시의 일부를 소개하면 다음과 같습니다.

시간이 알려주는 비결

아름다운 입술을 갖고 싶다면 친절한 말을 하라
사랑스런 눈을 갖고 싶다면
사람들 안에 있는 선한 것을 찾으라
날씬한 몸매를 갖고 싶다면
그대의 음식을 배고픈 사람들과 나눠라

예쁜 머릿결을 갖고 싶다면
하루에 한 번씩 어린아이로 하여금
그대의 머리카락을 쓰다듬게 하라
아름다운 모습을 갖고 싶다면
그대는 결코 혼자 걷는 게 아님을 명심하며 걸어라
어떤 누구도 내버리지 말라

도움의 손길이 필요할 때
그대는 그것을 자신의 팔 끝에서
찾을 수 있다는 것을 기억하라

그대는 나이가 들면서 그대의 손이

두 개라는 걸 발견할 것이다

하나는 자신을 돕기 위한 손,

다른 하나는 이웃들을 돕기 위한 손이라는 것을.

이 시에는 오드리 헵번의 마음이 잘 담겨져 있습니다. 시에서처럼 오드리 헵번은 일상생활에서 흔히 간과하기 쉬운 소소한 일들이나 사물들을 언제나 감사한 마음으로 대했습니다. 아아! 오드리의 작은 가슴속은 그래도 감사한 마음으로 늘 충만해 있었던 것입니다. 그의 가슴속에서 마구 피어나는 감사꽃은 그녀를 사랑하는 수많은 사람들의 가슴속에서도 피어났습니다.

세계에서 가장 아름다운 외모를 가진 오드리 헵번의 우아함은 그녀의 내면에 있는 아름다운 마음으로 더욱 찬란히 빛나고 있습니다. 그것은 바로 감사입니다. 짙은 눈썹과 커다란 눈, 단발머리의 우아하고 아름다운 헵번 스타일은 그녀의 내면에 충만한 감사가 있었기에 지금 세기와 오는 세기를 사는 수많은 사람들의 마음에 길이길이 간직될 것입니다.

세기의 연인은 직장암으로 64세의 아까운 나이에 스위스 자택에서 숨져 우리 곁을 떠났습니다. 1993년 1월 20일이었습니다. 그는 숨질 때도 미소를 잃지 않았다고 합니다. 그레고리 펙은 타고르의 **끝나지 않은 사랑**Unending Love을 낭독하면서 친구의 죽음을 슬퍼했습니다. 하늘나라에서 내려온 천사는 원래 있었던 천상의 나라로 이렇게 다시 돌아갔습니다. 새벽이슬 같은 청량한 오드리 헵번은 하늘나라에서 땅에 있는 우리에게 이렇게 말하고 있을 거예요.

　　"그래도 감사하세요."

02
조영애

장애 아들과
'모세의 기적팀'을 일궈 낸
장한 어머니

"제 아이가 어떠한 모습으로 태어나도 좋으니
제 곁에 있게만 해주세요.
어떤 경우든 저는 감사하며 살겠습니다."

용평돔에 울려 퍼진 감동의 애국가

2013 평창 동계 스페셜올림픽 세계대회 개막식은 감동의 제전이었습니다. 그것은 매우 특별한 한 청년이 그 제전에 있었기 때문입니다. 청년이 단상에 올라오자 사람들은 순간적으로 그가 장애인이라는 것을 알아차렸습니다. 평창 용평돔 실내빙상경기장을 가득 메운 선수단과 관중은 그가 과연 맡은 임무를 제대로 수행할 수 있을까 염려하는 듯했습니다. 하지만 그건 기우에 지나지 않았습니다.

"동해물과 백두산이 마르고 닳도록 하느님이 보우

하사 우리나라 만세"

그는 독창으로 애국가를 부르기 시작했습니다. 노래를 어찌나 잘 하던지 관중은 안도하였고, 가슴가슴마다엔 이내 알 수 없는 평온함과 자긍심이 피어올랐습니다.

맑고 청아한 애국가는 용평돔을 뚫고 대관령에 울려 퍼져 나갔습니다. TV로 시청한 전 세계인은 "우리는 할 수 있어요"Together We Can라는 용기와 희망으로 가슴이 뭉클했습니다. 애국가가 끝나자 환호와 갈채가 쏟아졌습니다. 우레와 같은 박수 뒤에는 한계를 딛고 일어선 한 인간에 대한 무한한 격려와 존경, 그리고 사랑과 평화를 위한 기대와 희망이 메아리쳤습니다.

지구촌의 수많은 사람들의 심금을 울린 목소리의 주인공은 박모세였습니다. 그때 그의 나이는 22살이었습니다. 그로부터 5년 후 박모세는 2018 평창 동계올림픽 개막식에서도 애국가를 불러 또 한번 사람들의 마음에 진한 감동을 불러일으켰습니다.

아기가 기적같이 태어나고 기적같이 살게 되다

박모세의 노래, 아니 박모세는 그 자체가 바로 기적입니다. 박모세의 기적은 어머니의 눈물겨운 헌신과 사랑, 기도 없이는 불가능한 것이었습니다. 그래서 박모세의 삶은 '모세의 기적'이고, '모자의 이야기'입니다. 이제부터 그 이야기를 해보겠습니다.

모세의 어머니 조영애 씨56세는 현재 경기도의 한 교회 집사입니다. 모세는 어머니의 사랑과 헌신이 없었더라면 어쩌면 이 세상에 태어나지 못했을 것입니다.

29년 전의 일입니다. 엄마는 임신 4개월이 되었을 때 병원에 갔다가 의사에게서 청천벽력과 같은 소리를 들었습니다. 태아가 머리 후두부 쪽에 뼈가 형성되지 않아 탁구공만하게 구멍 난 곳으로 뇌가 흘러나와서 머리가 두 개인 것처럼 되어 있다는 것입니다. 상태가 너무 심해 출산 후 수술을 해도 의학적으로 살 수 있는 가망성이 거의 없다는 것이었습니다. 그 말을 듣는 순간 엄마는 다리가 풀리고 간이 내려앉는 것만 같았습니다.

산부인과 의사들은 긴밀히 회의를 한 끝에 임산부에게 낙태를 권유했습니다. 그러나 엄마는 태아가 세상 빛을 보기를 원했습니다. 하지만 출산을 하고 싶어도 태아가 굉장한 기형아라고 하니 어쩔 수 없었습니다.

낙태 수술을 받기 위해 엄마는 병원에 왔습니다. 그러고는 수술실로 막 들어가려는 순간이었습니다. 태아의 생과 사가 결정되는 극적인 순간이었습니다. 바로 그때 엄마는 아이가 뱃속에서 움직이는 소리를 들었습니다. 아아, 그 소리는 작았지만 엄마에게는 얼마나 크게 들렸던지요! 엄마는 그 소리를 뚜렷하게 감지할 수 있었습니다. 그 태동의 소리는 생명의 소리였습니다. 그러자 엄마는 이렇게 기도했습니다.

"아, 하나님, 감사합니다. 하나님이 제게 선물하신 생명이군요. 절대로 수술하지 않겠습니다."

엄마는 낙태 수술을 거부하고 곧장 집으로 왔습니

다. 그때부터 엄마는 태아의 생명을 위해 간절히 기도하기 시작했습니다. 어느 날 새벽기도 중에 수술을 해도 아기가 살 것 같은 생각이 마음에 가득 차올랐습니다. 입퇴원을 반복하며 어느덧 출산일이 다가왔고, 마침내 수술 날짜가 되어 산모는 병원에 입원했습니다. 병원에서는 이런저런 진단을 하더니, 절망적인 얘기를 했습니다. 담당 의사는 걱정스럽다는 듯 말했습니다.

"수술이 성공해도 아기는 장애가 심해 얼마 살지 못할 거예요. 혹 살더라도 보지도 듣지도 말하지도 걷지도 못할 텐데, 그래도 괜찮겠어요?"
"네 선생님. 저는 모든 걸 하나님께 맡기겠습니다. 해주세요."

옆에 있던 남편이 "이 아이가 수술을 해서 살면 이건 의학이 아니라 하나님이 하시는 일이 되겠네?"라고 살갑게 웃으며 말했습니다. 수술은 성공적이었습니다. 아기는 제왕절개로 세상에 나와 빛을 보게 되었습니다.

그러나 아기는 정상적인 아이들과는 모습이 사뭇 달랐습니다. 초음파 검사에서 본 것처럼 정말 머리만 한 뇌가 뼈 안에 있는 게 아니라 밖으로 툭 튀어나와, 자칫 잘못하면 몸에서 분리되어 흘러나갈 것만 같아 보였습니다.

"아아! 안 돼요, 하나님!"

기형적인 아기를 본 산모는 끄응 하는 신음소리와 함께 길게 탄식하지 않으면 안 되었습니다. 산모는 의사에게 떨리는 음성으로 물었습니다.

"선생님, 수술을 하면 희망이 있는 건가요……."
"안 됐습니다만, 아기는 수술을 해도 죽고,
안 해도 죽습니다."

의사는 마치 큰 일이 아니라는 듯 담담하게 대답했습니다. 하지만 산모는 의사의 그 말이 바리작거리는 가슴을 마구 후비어 파고들어 모세혈관에까지 굉음을 울리는 소리로 들렸습니다.

"아! 선생님. 살 가능성이 전혀 없다는 뜻이에요?"
"죄송하지만, 그렇습니다. 살 수 있는 확률이 1%도
안 됩니다. 이런 경우는 처음이에요."

의사들의 소견대로 아기는 며칠을 살지 못할 것 같
아 보였습니다. 산모는 아기를 엄마 품에 안아 단 한
번이라도 우유를 먹이면 좋겠다는 심정으로 퇴원을
단행했습니다. 집에 데리고 온 아기는 사람의 모습이
라고 하기엔 민망할 정도로 말라 있었습니다. 숨을 쉬
고 있는 것 자체가 기적으로 보였습니다. 그런 아기를
보면서 엄마는 눈물을 흘리며 중얼거렸습니다.

"아가야, 어떠한 모습이라도 좋으니
그냥 내 곁에 살아만 있어다오."

산모는 '대체 무엇이 어떻게 되었기에 이런 기가
막힐 일이 내게 벌어지고 있는가' 생각하며 절망감으
로 가득했습니다. 하지만 산모는 믿음이 있는 사람이
었습니다. 그의 마음에 어떤 신비한 한줄기 빛이 스며
들었습니다. 그러자 그는 방바닥에 무릎을 꿇었습니
다. 그러고는 자기도 모르게 이런 기도를 했습니다.

"맞아요, 하나님. 생명은 하나님께 달려 있잖아요? 이 아이가 죽든 살든 하나님께 맡길게요. 오, 전능하신 하나님 아버지, 저희 부부와 이 아이에게 은혜를 베푸소서."

태어난 지 3일째 되는 날 엄마는 밖으로 나온 뇌를 모두 절단하는 수술을 받기 위해 아기를 데리고 병원에 왔습니다. 의사가 혀를 차며 물었습니다.

"살 가능성이 1%밖에 안 되는데, 그래도 하시겠다는 거죠?
"네, 최선을 다해 주세요, 선생님."

아기는 대뇌의 90퍼센트, 소뇌의 70퍼센트 이상을 잘라 내는 큰 수술을 받았습니다. 수술이 진행되는 동안 엄마는 하나님께 간절히 기도를 드렸습니다.

"생명을 주관하시는 하나님, 제 아이가 어떠한 모습으로 태어나도 좋으니 제 곁에 있게만 해주세요. 어떤 경우든 저는 감사하며 아이 뒷바라지에 최선을 다하며 살겠습니다."

수술을 마친 후 의사는 엄마에게 말했습니다.

"제 말 잘 들으세요, 어머니. 이 아기는 대뇌와 소뇌를 너무 많이 절단했기 때문에 보지도 듣지도 말하지도 못할 거예요. 얼마 살 수 없어서……미리 말씀 드리는 게 나을 것 같습니다."
"그래도 감사합니다, 선생님. 참 수고 많으셨어요."

모세의 기적팀

엄마는 아이를 데리고 집에 왔습니다. 이 소식은 교회에 알려졌고, 담임 목사님과 교우들은 마음을 합쳐 아이를 위해 기도했습니다. 목사님은 아이의 이름을 '박모세'라고 지어주었습니다. 이스라엘의 영웅 모세가 홍해를 갈랐던 기적처럼 이 아이의 일생에 모세의 놀라운 기적과 같은 일들이 계속해서 일어나기를 기대하며 붙여준 이름이었습니다.

박모세는 모두의 우려와는 달리 죽지 않고 무럭무럭 자랐습니다. 모세가 다섯 살 되었을 때 말문이 열렸습니다. 어느 날 주기도문을 줄줄 말하기 시작했던 것입니다. 옹알이밖에 하지 못했던 모세가 말을 하기 시작하다니! 얼마 후 모세는 스스로 걷기까지 했습니다. 이것은 기적과 다름없었습니다. 실로 모세팀이 이뤄 낸 기적이었습니다. 엄마의 눈물겨운 헌신과 사랑, 목사님과 성도들의 간절한 기도, 그리고 그 기도를 들어주신 하나님이 만들어 낸 합작품이었던 것입니다.

훌륭하게 자란 모세 뒤에는 장한 어머니가 있었다

모세는 자라면서부터 노래하기를 좋아했다고 합니다. 하지만 그가 악보를 읽을 수 있다는 것은 아닙니다. 단지 노래를 듣고 외워서 부를 뿐입니다. 그런데도 그는 노래에 천부적인 재능이 있었습니다. 그의 인생 스토리와 노래 실력이 알려지면서 TV방송국들은 앞다퉈 모세와 그의 어머니를 초청했습니다. 국내외 많은 교회들도 간증을 부탁했습니다. 모세의 소식은 멀리 미국에까지 알려졌습니다. '모세의 기적팀'은 미국 12개 주를 순방하며 하나님께서 모세에게 행하신

일을 간증했습니다.

모세는 지금 29세의 어엿한 청년이 되었습니다. 그는 2018년 백석예술대학교 성악과를 졸업했습니다. 2018년 1월에는 밀알복지재단의 홍보대사로 위촉되어 우리 사회의 소외 받는 이들에 대한 나눔 활동을 펼치고 있습니다.

이렇게 모세는 장하게 잘 컸습니다. 지금의 모세가 있기까지는 아들을 향한 엄마의 눈물겨운 사랑과 헌신, 믿음이 있었기에 가능한 것이었습니다. 그만큼 모세와 그의 어머니는 환상적인 '기적의 팀'입니다. 언제 어디서나 모세의 눈과 귀와 다리가 되어 주는 모세의 어머니는 거침없이 말합니다.

"저는 자랑스러운 제 아들 모세의 몸종으로 사는 게 얼마나 감사하고 행복한지 모릅니다."

모세의 뇌는 세심한 의학적 관리가 필요합니다. 의사들은 해마다 MRI/CT 촬영으로 모세의 뇌를 살펴보고 있습니다. 모세의 뇌는 점점 크기가 자라 지

금은 60%까지 채워졌다고 합니다. 모세의 지능은 세
살 수준입니다. 그의 어머니는 "너무 힘이 들고 고통
스러울 때면 '하나님이 안 계시나보다'고 자포자기 생
각도 간혹 들 때도 있었다고 합니다. 하지만 그때마다
하나님은 지금 있는 것들에 감사하게 하시고, 새로운
용기와 소망을 주셔서 하나님을 붙들도록 하게 하셨
다."고 고백합니다.

    제가 조영애 씨에게 물었습니다.

"기적은 정말 있는 것입니까?
왜 보통 사람들은 기적을 믿지 않으려 하죠?"

    조영애 씨는,
"기적은 그냥 일어나는 현상이 아녜요. 기적은 간
절하고 불쌍히 여기는 마음이 있어야 일어나게 되지
요. 그리고 희생과 감사하는 마음이 있어야 해요."라
고 거뜬히 대답하고는, 그러한 사람이 바로 예수님의
마음을 가진 사람이라며 이렇게 덧붙였습니다.

"이런 간절한 마음을 가지고 있을 때 전능하신 하

나님께서는 연약한 우리에게 기적의 은혜를 베풀
어주시죠. 예수님이 그러셨지 않아요? 예수님은
불쌍한 사람들을 보시면 안으셨어요. 힘없는 사람
들에게 용기를 주셨지요. 예수님은 죄 많고 힘들고
지친 모든 사람들을 위해 자기 목숨까지 버리셨습
니다."

원망과 불평을 감사로 바꿔놓은 위대한 승리의 어머니

모세는 단 1%의 삶도 허락받지 못한 생명이었지
만, 세상을 무대 삼아 희망을 노래하고 있습니다. 모
세의 어머니는 모세의 이런 모습이 또 다른 누군가에
게 도전과 소망이 되기를 바라고 있습니다. 모세가 곁
에 있으면 너무너무 행복하다는 모세의 어머니는 이
런 말을 하였습니다.

"우리 모세를 낳기 전에는 저도 욕심이 있었죠. '누
구네 집은 몇 평이래, 누구네 집은 가구가 멋지대
하면서요……. 하지만 모세를 낳고나서부터는 모
세가 건강하게 살아 있는 그 자체를 감사하며 산답

니다."

그러면서 그녀는 모든 어머니들에게 충고의 말을 전합니다.

"우리 아이가 요만큼만 하면 더 잘할 수 있을 것 같다고 생각하는 엄마들이 참 많은 것 같아요. 하지만 아이의 눈높이에 맞춰 아이가 할 수 있는 것에 감사하는 마음을 가지고 살 수 있다면, 그게 참다운 행복이 아닐까요?"

아이의 장애를 있는 그대로 받아들이고 매 순간 행복을 느끼며 하나님께 감사하면서 산다는 조정애 씨. 그녀는 원망과 불평을 감사로 바꿔놓은 위대한 어머니이고 승리자입니다. 그러기에 그녀야말로 감사를 못 느끼는 이 시대에 진정한 감사의 모델이요 스승입니다.

그녀의 믿음의 기도는 장애 아들 모세의 1% 가능성을 60% 가능성으로 바꾸어 놓았습니다. 앞으로 그녀의 감사 행진은 그 가능성을 100%로 만들어 놓을 것입니다. 모세의 뇌 크기가 100%까지 자라면 말입니다.

'모세의 기적팀'은 어떤 상황에서든 하나님께 감사하는 '그래도 감사'의 전형적인 모델입니다. '모세의 기적팀'은 우리 모두에게 감사란 무엇이며, 그 감사가 선사하는 희망이란 무엇인가를 진지하게 돌아보게 해줍니다. 별것도 아닌 일에 실망하고 좌절하는 우리에게 '모세의 기적팀'은 희망과 도전을 주고 있지요. 그런 '모세의 기적팀'에게 응원하고 싶지 않으세요? 저는 이런 메시지를 보내고 싶습니다.

"파이팅! 모세의 기적팀!
사랑해요! 모세의 기적팀!"

03
에이브러햄 링컨

세계사에
길이 빛나는
영원한 대통령

"나는 신께서 베풀어 주신
은혜를 기억하며 감사할 것입니다."

아래는 어떤 미국인의 일생입니다.

미국 캔터키 주에서 태어나,

9살 때, 어머니를 여의고,

19살 때, 하나뿐인 누나를 잃고,

23살 때, 주 의원 선거에 출마했으나 낙선하고,

24살 때, 사업이 완전히 망해 빚만 잔뜩 짊어지고,

25살 때, 주 의회 선거에 당선돼 정치에 입문했으
　　나,

26살 때, 결혼을 약속하고 교제해 오던 연인이 병
　　으로 죽고,

27살 때, 신경쇠약증으로 병원에 입원해 치료를 받
　　고,

28살 때, 사귀어 온 여자와 헤어지고,

29살 때, 의회 의장직 선거에 낙선하고,

31살 때, 대통령 선거위원으로 출마했으나 낙선하고, 결혼해 낳은 네 아들들 가운데 세 아들을 차례로 잃었으며,

34살 때, 하원의원에 출마했으나 낙선하고,

37살 때, 하원의원에 당선돼 마침내 중앙 정치무대에 뛰어들었으나,

39살 때, 다시 출마해 낙선했고,

45살 때, 상원의원으로 바꿔 출마했으나 또 낙선하고,

47살 때, 부통령 선거에서도 낙선하고,

49살 때, 상원의원에 재출마해 또 다시 고배를 마셨다.

어떠신가요? 읽으면서도 눈살이 찌푸려지지 않으셨나요? 이쯤 되면 인생이 이보다 더 나쁠 순 없습니다. 열심히 살려 했고 뭔가를 목표 세우고 줄기차게 도전했는데, 계속해서 실패한 이 사람은 누구일까요? 미국 제16대 대통령 에이브러햄 링컨입니다.

미국 역사상 가장 존경 받는 인물이며 세계사에 길이 빛나는 위인인 에이브러햄 링컨이 고생을 꽤 했다는 말은 더러 들어왔지만, 이렇게 지독하게 고생이 많았을 줄이야! 성공한 경우란 좀처럼 찾기 어렵고, 하는 일마다 번번이 실패하고, 행복한 날보다는 불행한 날이 더 많지 않습니까?

고난으로 점철된 에이브러햄 링컨

에이브러햄 링컨은 인생에서 쓰라린 일들을 27번이나 겪었다고 합니다. 이것을 실패라고 말한다면, 다시 일어설 엄두조차 안 나는 큰 불행한 일을 2년에 한 번꼴로 겪은 셈이지요. 그렇지만 링컨은 51살 되던 해인 1861년 미국 대통령에 취임하고, 3년 후 재선에 성공했습니다. 그는 남북으로 갈라진 나라를 하나로 통합하고, 흑인 노예들을 해방시켜 미국 민주주의의 초석을 놓았습니다.

켄터키의 가난한 통나무집에서 태어나 밑바닥에서부터 시작해 대통령의 영광스러운 지위에 오른 에이브러햄 링컨. 숱한 역경과 시련을 이겨내고 성공한 위인으로 보여서 그렇지, 그 속을 들여다보면 인간 링컨만큼 고생한 사람도 많이 없을 것입니다.

화려해 보이는 이력의 뒤에 그가 흘린 고통의 눈물은 병에다 담아도 다 담을 수 없고, 아파 내뱉는 신음 소리는 방안의 벽을 타고 밖으로 나가 새들도 슬퍼할 정도였습니다. 그는 대통령이 되어서도 11살 된 셋째 아들을 병으로 잃었습니다. 이 때문에 영부인 테디 토드는 정신질환에 시달렸고, 링컨 자신도 우울증에 걸렸다고 합니다.

칠전팔기七顚八起라는 말이 있습니다. 일곱 번 넘어져도 여덟 번째 가서는 우뚝 일어서는 불굴의 용기와 투지를 말합니다. 칠전팔기의 투혼도 에이브러햄 링컨의 의지 앞에서는 고개를 숙일 수밖에 없습니다. 링컨은 수많은 역경 앞에서도 무릎을 꿇지 않고 오뚝이처럼 넘어졌다 일어서고, 또 넘어졌다 일어선 사람이었습니다.

기도에서 나온 감사의 힘

이렇게 끊임없이 밀려오는 역경과 시련들에 마주치면서도 포기하지 않고 목표를 향해 뚜벅뚜벅 걸어간 링컨의 힘은 대체 어디서 나온 것일까요? 그것은 바로 기도입니다. 기도는 링컨으로 하여금 매일 매 순간을 감사하며 살게 하는 원천이 되었습니다. 기도와 감사! 그것은 링컨의 삶을 단적으로 압축해주는 말입니다.

기도란 아무나 할 수 있는 게 아닙니다. 기도는 절대자를 믿고, 그분이 역사와 인생의 배후에서 일하고 계신다는 것을 믿어야만 할 수 있는 것입니다. 그 사실을 믿는 사람은 마음에 늘 감사가 가득하고, 모든 일을 기쁨으로 대할 수 있게 되는 것이죠.

링컨은 감사하는 마음을 항상 유지하고 영혼에서부터 들리는 소리들에 진지하게 귀를 기울인다면 고통과 슬픔도 기쁨으로 바꿀 수 있다고 생각했습니다. 감사를 신의 선물로 보았던 링컨은 모든 미국인들이 감사하며 살도록 매년 11월 셋째 목요일을 추수감사

절로 삼았습니다. 링컨은 이 날을 국경일로 공표하면서 "하늘에서 은총을 베푸는 우리의 자비로운 아버지께 감사와 찬사를 보내는 날"이라고 선포했습니다.

에이브러햄 링컨이 하나님을 경외함으로 얼마나 기도에 힘쓰고 감사하는 마음으로 살았는지는 그가 책상 앞에 걸어두고 매일 읽는 '신앙생활 10계명'을 보면 미루어 짐작할 수 있습니다. 다음은 그 내용입니다.

1. 나는 주일을 거룩하게 지키며 예배 생활에 힘쓸 것입니다.
2. 나는 날마다 하나님의 말씀인 성경을 매일 매일 읽고 묵상하며 그 말씀을 실천할 것입니다.
3. 나는 도움을 베풀어 주시는 아버지 하나님께 날마다 겸손히 기도할 것입니다.
4. 나는 나의 뜻이 아니라 하나님 뜻에 순종할 것입니다.
5. 나는 하나님께서 베풀어 주신 은혜를 기억하며 감사할 것입니다.
6. 나는 연약하지만 하나님의 도우심을 의지할 것

입니다.

7. 나는 하나님만을 높여 드리고 그분께만 영광을 올려 드릴 것입니다.

8. 나는 하나님 안에서 우리 모두는 자유하며 평등하다고 믿습니다.

9. 나는 형제를 사랑하고 이웃을 사랑하라는 주님의 명령을 실천할 것입니다.

10. 나는 이 땅위에 하나님의 진리와 공의가 실현되도록 기도할 것입니다.

'백악관을 기도실로 만든 대통령 링컨'(생명의말씀사, 전광) 중에서.

그는 미국이 받은 축복들을 열거한 후, 미국인들을 향해 "우리는 신이 우리에게 내려 주신 축복의 은총을 잊어서는 안 될 것입니다. 우리 국민 모두는 마음을 담아 엄숙하고 경건하고 감사하게 이 사실을 인정합시다. 그리고 국가의 상처를 치유하기 위해 전능하신 손의 중재를 열렬히 요청하십시오."라고 연설했습니다.

어머니에게서 물려받은 신앙

"내가 성공을 했다면 그것은 오직
천사 같은 내 어머니 덕택이다."

링컨은 성경 말씀을 붙들고 살려고 노력했고, 성경의 정신과 사상을 정치 현장에서 펼치려고 했으며, 그리고 열심히 기도했습니다. 링컨이 기독교 신앙을 가질 수 있었던 것은 어머니의 역할이 참으로 컸습니다. 성 어거스틴에게 위대한 어머니인 모니카가 있듯이 링컨에게는 어머니 낸시가 있었습니다. 낸시는 어린 링컨에게 틈나는 대로 성경을 읽게 도와 주었습니다. 그리고 어린 링컨의 고사리 같은 손을 잡고 함께 기도했습니다. 낸시는 병이 들어 죽기 전 9살 난 아들에게 이렇게 유언을 했다고 합니다.

"사랑하는 아들아! 너는 늘 성경을 읽고, 성경의 말씀대로 살아가는 사람이 되어라. 하나님을 사랑하고 이웃을 사랑해야 한다. 이게 엄마의 마지막 부탁이란다."

남아 있는 것들에 늘 감사한 링컨

링컨은 헐벗고 힘없는 이웃을 사랑하라는 어머니의 유언을 가슴에 새기고 살았습니다. 실패에 맞닥뜨릴 때마다 좌절하거나 포기하지 않고 늘 희망을 가지고 살았던 것은 어머니의 유언 덕분이었습니다. 링컨의 삶의 많은 부분은 빼앗기고 잃고 실패한 삶이었다고 해도 과언은 아니었습니다. 하지만 그는 늘 남아 있는 것들에 감사했습니다. 바로 이 점이 링컨을 위대하게 만들었습니다.

링컨은 총탄을 맞고 숨졌습니다. 그는 이 땅에 살면서 마지막 순간까지 고난을 겪어야 했습니다. 그가 숨진 날은 금요일입니다. 예수님이 고난을 받고 십자가에서 운명하신 성 금요일과도 같지요. 위대한 링컨은 우리 곁에 없지만, 그는 우리 가슴속에 살아 있는 영원한 대통령입니다.

고난이란 우리의 삶 속에 예상치 않게 찾아드는 반갑지 않은 손님입니다. 고난은 우리가 선택한 게 아닙니다. 그것은 밤중에 몰래 들어오는 도둑과도 같이 찾아들고, 폭군과 같이 잔인합니다.

고난은 누구에게나 찾아옵니다. 착하고 바르게 살아도 고난은 찾아오고, 악하고 비뚤어지게 살아도 고난은 찾아옵니다. 불철주야로 중무장을 하고 철통같이 경비를 서도 막지 못하는 것이 고난입니다. 고난을 막아낼 특효약이 있거나 비방책이 따로 있는 것도 아닙니다. 고난에 면역력이 생기는 것도 아니어서 고난이 올 때마다 아프고 당혹스럽습니다.

그러면 우리는 어떻게 해야 할까요? 그것은 바로 우리의 선택에 달려 있습니다. 고난이 와도 좌절과 절망을 선택하지 않고 꿈과 희망을 선택하는 것입니다. 에이브러햄 링컨처럼 말입니다. 링컨은 고난을 이기는 방법을 이렇게 말했습니다.

"내가 걷는 길은 험하고 미끄러웠다. 나는 자꾸만 미끄러져 길바닥 위에 넘어지곤 했다. 그러나 나는 곧 기운을 차리고 나에게 이렇게 말했다. '길이 약간 미끄럽긴 해도 낭떠러지는 아니야'라고."

그렇습니다. 감사는 졸업장이 없습니다. 그것은 끝이 없는 과정입니다. 감사는 아무리 지나치더라도 결코 과하지 않습니다. 감사는 그대의 소중한 삶을 행복하게 하는 미소입니다. 감사는 그대의 맑은 마음에 깃든 고결한 영혼입니다. 감사는 거친 세상을 사는 그대에게 크고 작은 기적을 만들어 냅니다.

행복과 불행은 결국 선택의 문제입니다. 행복은 감사와 정비례합니다. 불행은 감사와 반비례합니다. 아리스토텔레스는 "행복은 감사하는 사람의 것"이라 했고, 인도의 시성詩聖 타고르는 "감사의 분량이 곧 행복의 분량"이라고 말했습니다.

21세기를 사는 현대인들은 저마다 치명적인 질병을 안고 하루하루를 근근이 버텨 내며 살아가고 있는 듯이 보입니다. 그것은 원망과 불평입니다. 현대인들은 늘 만족하지 못하고 욕구불만으로 가득 차 있습니다. 우리들 현대인들에게 에이브러햄 링컨은 감사불감증에서 어서 빨리 벗어나 감사를 회복하라고 말합니다. 어떤 경우든 주저앉지 말고 그래도 감사하라고 다그칩니다.

그렇습니다, 바로 감사입니다! 감사로 원망과 불평을 몰아내야 합니다. 원망과 불평의 전염력은 무섭습니다. 그것은 한 개인뿐 아니라 그가 속한 공동체와 전 세계를 무너뜨리는 파괴력이 있습니다. 사스나 신종 코로나 바이러스처럼 말입니다.

감사는 생명과 희망의 길로 인도해주는 문입니다. 그렇다면 이제 우리 몸 안에 있는 원망과 불평의 바이러스를 퇴치하고 감사의 바이러스를 퍼뜨립시다. 그리고 그 감사의 바이러스를 이웃에게 마구 전염시킵시다.

04
오프라 윈프리

세계인에게
삶의 의미를 던져준
토크쇼의
여왕

"가지고 있는 것들에 감사하십시오.
끝에 가서는 더 많이 가질 것입니다.
만일 가지고 있지 않은 것들에만 집중한다면,
결코 더 이상 갖지 못할 것입니다."

- 타임지가 선정한 "20세기 가장 영향력 있는 인물 가운데 한 사람"
- 포브스지가 선정한 "세계에서 가장 영향력 있는 인물"
- 25년 동안 방송인으로서 최고의 인기를 얻으며 자신만의 독특한 쇼를 진행한 최고의 방송 기록 보유자.
- 툭툭 던지는 말들로 삶과 존재의 의미에 대해 곰곰 생각하게 만드는 조언자.
- 하포 그룹의 회장으로서 10억 달러가 넘는 재산을 소유한, 전 세계 여성 중 한해 수입이 최고로 많은 재력가.

토크쇼의 여왕 오프라 윈프리

위에 열거한 수식어들은 그녀의 화려한 프로필의 1%도 되지 않습니다. 그녀에 대해 묘사하려면 항상 '가장', '최고'라는 수식어가 뒤따릅니다. 이 놀라운 여성이 누구인지는 독자들도 쉽게 눈치 챌 수 있겠지요? 바로 오프라 윈프리입니다.

오프라 윈프리. 미국인들뿐만 아닌 전 세계인들로부터 존경과 사랑을 한 몸에 받는 그녀는 자신의 이름을 딴 '오프라 윈프리 쇼'의 진행자입니다. 매주 4,600만 명의 미국인이 시청하고, 전 세계 140개국에 방송되는 미디어 역사상 가장 영향력 있는 프로그램이라고 할 수 있습니다.

오프라 윈프리는 25년 동안 진행해 온 자신의 쇼 프로그램에서 2011년 은퇴를 선언하고 OWN 방송국을 설립했습니다. 이 방송국은 각계각층의 명사들을 초청해 통찰력 있는 대화를 나누는 '슈퍼 소울 선데이'라는 토크쇼를 제작·방영하며 '오프라 윈프리 쇼'의 명성을 이어가고 있습니다.

오프라 윈프리는 2020년 미국 대통령 대선을 앞두고 민주당 후보 경선에 뛰어들라는 주위의 권유를 물리쳤습니다. 자신은 정치 체질보다는 방송 체질이라고 하면서 말이지요. 오프라 윈프리의 방송 경력에 대해 간단히 이야기 해보려고 합니다.

오프라는 에미상을 일곱 번이나 거머쥐었고, 연기에도 재주가 많아 두 번이나 아카데미상 후보에 올랐습니다. 2012년에는 아카데미 평생 공로상도 받았습니다. 그녀는 또한 오바마 대통령으로부터 '대통령 자유의 메달'을 받았고, 하버드대학교로부터는 명예 박사학위를 받았습니다. 그뿐 아니라 그녀는 미국의 많은 언론으로부터 "미국의 가장 절친한 친구"라는 찬사를 받고 있습니다.

불우한 나날들로 점철된 아픈 역사

이렇듯 우리 시대 세계에서 가장 성공한 여성이라고 할 수 있는 오프라 윈프리. 그러나 화려한 현재와는 달리 그녀의 과거는 불우한 나날들로 점철된 아픈 역사였습니다.

　오프라는 1954년 미국 미시시피 주에서 지독하게 가난한 흑인 미혼모의 사생아로 태어났습니다. 유년 시절 오프라는 친척이나 이웃 아저씨들의 끊임없는 성적 학대에 시달림을 받았습니다. 외할머니 손에 자란 오프라는 아홉 살 때 사촌 오빠에게 강간을 당했고, 그녀의 어머니가 그랬듯이 열네 살 때는 미혼모로 미숙아를 낳고 말았습니다.

　불행하게도 아이는 출산 2주 만에 죽었습니다. 그 충격으로 오프라는 삶의 의욕을 잃고 방황하게 됩니다. 그녀는 거리에 나가는 것조차 두려워했습니다. 마주치는 사람마다 "열네 살에 애를 갖게 되다니, 세상에! 너는 이제 끝났어!"라고 경멸하는 것만 같이 느껴졌습니다.

　그러나 오프라가 그 절망적인 상황 속에서도 죽지 않고 살게 된 것은 어렸을 때 읽은 성경 말씀 덕분이라고 합니다. 오프라를 키워주신 외할머니는 어린 외손녀에게 책을 열심히 읽게 하였습니다. 그로 인해 오프라는 세 살 때부터 책을 읽기 시작했습니다. 교회에 가서는 시와 성경 구절을 소리 내어 읽었습니다.

죽지 못해 겨우겨우 살아가던 오프라에게 삶의 희망을 준 것은 친아버지와의 만남이었습니다. 이발사인 친아버지는 오프라에게 예쁜 성경책을 선물해 줬다고 합니다. 그때부터 오프라는 좋은 책들을 만나면 닥치는 대로 읽기 시작했고, 성경 말씀도 건성으로 보지 않고 인상적인 구절들은 외워두었습니다. 이러한 훈련은 그녀의 인생의 자양분이 되었지요.

첫 방송을 끝내고 오프라가 먼저 한 일은 감사의 기도

지적으로나 인격적으로 눈에 띄게 성장한 오프라는 자신의 목표를 확실히 세우기 시작했습니다. 드디어 오프라는 자신이 누군가를 증명하기 위한 절호의 기회를 만나게 되었습니다. 열아홉 살 되던 해인 1971년 지역방송인 내슈빌 TV방송국의 첫 흑인 뉴스 앵커로 발탁되었던 것입니다. 이 첫발이 그녀를 전무후무한 토크쇼의 여왕으로 자리매김하게 되는 시작이 될 줄 누가 상상이나 했을까요!

실력을 인정받은 그녀는 3년 후 볼티모어 TV방송국 6시 뉴스 앵커로 일자리를 옮겼습니다. 하지만 좋은 일이 있으면 반드시 나쁜 일도 따라오기 마련인가 봅니다. 오프라는 앵커로 일한 지 얼마 안 되어 감정에 치우친 진행을 한다고 해서 느닷없이 아침 뉴스 앵커로 내려앉게 되었습니다. 그러나 오프라는 자기도 모르는 새 꽤 성숙해져 있었습니다. 그는 첫 아침 방송에 대한 소감을 이렇게 말했습니다.

"첫 방송이 끝난 순간, 하나님께 감사를 드렸답니다. 제가 하고 싶은 걸 이제야 찾았다는 느낌이 들었기 때문이죠. 마치 편안하게 숨쉬는 것과 같은 기분이 들었어요."

이런 표현에서 우리는 역경을 감사로 승화시키는 오프라의 장점을 발견하게 됩니다. 몇몇 방송국을 거치면서 점점 이름이 알려진 오프라 윈프리는 1986년 전국에 방영되는 '오프라 윈프리 쇼'를 진행, 시청률 1위를 차지하면서 일약 토크쇼의 여왕으로 군림하게 됩니다. 수많은 시청자들은 거침없지만 편안하고 자연스런 오프라 쇼를 보면서 웃다 울다 하면서 영혼이 정화됨을 느꼈습니다. "당신이 하는 일을 당신 스스로 과소평가할 때, 세상은 당신이 누구인지를 과소평가할 것이다."라는 오프라의 격려에 사람들은 스스로를 가치 있는 사람으로 여기기 시작했습니다.

절제된 언어로 감사를 표현하다

오프라 윈프리의 메시지에는 특유의 공감과 소통의 힘이 있습니다. 그는 정신적으로 피폐해진 사람들에게 이렇게 소리칩니다.

"중독을 끊어라!"

사람들은 그녀에게서 이런 말을 들을 때면 강한 도전을 받습니다. 뛰어난 언변과 재치, 그리고 지성은 오프라 윈프리의 강점입니다. 이러한 강점은 오프라를 최고로 만드는 자산이 되게 하였습니다.

어떤 사람들은 그녀가 운이 좋다고 말하지만, 오프라 윈프리는 행운을 믿지 않습니다. 그녀는 최선을 다하고 결과는 하나님께 맡겨놓는 스타일입니다. 오프라의 영감 있는 말들은 책으로도 나올 만큼 굉장히 많습니다. 그중 몇 가지를 소개해 보겠습니다.

"비록 나는 부의 축복에 감사하지만, 부로 인해 내가 달라지지는 않았다. 내 발은 아직 땅을 딛고 있다. 단지 좀 더 좋은 신발을 신었을 뿐이다."

"내 리무진을 타고 싶어 하는 사람은 많겠지만, 정작 리무진이 고장났을 때 나와 함께 버스를 타 줄 사람이 진정한 친구다."

"인생의 도전이란 무엇이 되고 싶다는 이력서를 쓰는 게 아니라, 어떤 사람이 되고 싶다는 이력을 만들어가는 것이다."

오프라 윈프리는 감사에 관해 많은 상념들을 하였고, 그 상념들을 절제된 언어로 표현했습니다. 그녀는 '살아 있다'는 그 자체를 감사한다고 고백합니다.

삶 자체가 감사이기 때문이지요. 오프라는 "나의 나된 것은 하나님의 은혜 때문"이라고 말합니다. 하나님의 은혜는 오프라로 하여금 감사하며 살게 하는 원동력이 되었습니다.

"가지고 있는 것들에 감사하십시오. 끝에 가서는 더 많이 가질 것입니다. 만일 가지고 있지 않은 것들에만 집중한다면, 결코 더 이상 갖지 못할 것입니다."

오프라는 모든 것들에 감사합니다. 건강 · 은사 · 활동 · 관계 · 부에 이르기까지⋯⋯. 이러한 모든 것들은 하나님께서 사람에게 주신 귀한 선물이라고 생각합니다. 오프라에게 감사는 이러한 선물들을 이끄는 견인차 역할을 톡톡히 합니다. 그렇다면 이러한 선물들을 받으려면 어떻게 해야 할까요? 오프라는 우리에게 자아를 내려놓아야 한다고 힘주어 말합니다. 자아를 내려놓는다는 것은 자기를 부정하는 것입니다.

"감사의 선물을 느끼기 위해서는 자아가 뒷전으로 밀려나야 합니다. 그 밀려난 자리에는 더 큰 동정심과 이해심이 나타나야 합니다."

오프라 윈프리는 사람이 호흡을 하는 것처럼 감사도 지금 여기서 살아 있는 내 곁에 항상 반드시 있어야 하는 것이라고 생각합니다. 하지만 우리는 감사를 잊고 살 때가 많기 때문에 감사의 조건들을 의식하며 살면 유익이 된다고 충고합니다. 바로 그럴 때 부정의 에너지는 긍정의 에너지로 바뀌어 삶에 밝은 변화를 가져다 준다고 강조합니다.

"감사해야 할 일이 떠오르지 않을 때마다 숨을 기억하라. 숨을 쉴 때마다 '나는 아직 여기에 살아 있다'고 말할 수 있다. 매일 감사하는 하루를 정하라. 그리고 스스로에게 감사의 선물을 주어라!"

"매일 아침 나는 그날을 처음 보려고 커튼을 연다. 그날이 비가 오든, 안개가 자욱하든, 구름이 끼든, 햇볕이 쨍쨍하든 내 마음은 감사로 부풀어 오른다. 나는 또 하나의 기회를 맞게 된다……. 축복받은 모든 나이에 나는 감사한다."

오프라의 매일 감사 일기

오프라가 감사하는 생활을 하는 것은 매일 감사 일기를 쓰는 습관이 몸에 배어 있기 때문입니다. 밥 먹는 일 외에 하루도 빼놓지 않는 일은 바로 감사 일기를 쓰는 것입니다. 기억하지 않으면 잊어버리기 쉬운 게 감사입니다. 오프라는 그날 하루 일어났던 일들 가운데 다섯 가지 감사 목록을 꼬박꼬박 기록해 오고 있습니다. 이러한 습관은 늘 감사하는 마음을 지니게 하고, 내일의 감사를 설렘으로 준비하게 합니다.

오프라의 성공 비결은 꾸준한 독서와 감사생활이라고 할 수 있습니다. 그의 표현대로 우리는 "감사하는 공간"에서 살고 있습니다. 크고 작은 감사할 일들이 일어나는 공간—너와 나, 그리고 우리가 살고 있는 이 공동체입니다. 그것은 마땅히 감사해야 할 축복의 공간이지요.

오프라 윈프리는 작은 일에 감사를 표시하기 시작해 백만 번 넘게 보상을 받았다고 합니다. 오프라가 감사 일기에 적은 감사 목록들은 거창한 것들이 아닌 일상의 소소한 것들입니다. 아래는 오프라가 어느 하루를 보내고 잠자리에 들기 전, 감사하다고 생각하는 것들을 감사 일기에 쓴 내용입니다.

1. 오늘도 거뜬히 잠자리에서 일어날 수 있어서 감사합니다.
2. 유난히 눈부시고 파란 하늘을 보게 해주셔서 감사합니다.
3. 점심 때 맛있는 스파게티를 먹게 해주셔서 감사합니다.
4. 얄미운 짓을 한 동료에게 화내지 않게 하시고, 참을성을 주셔서 감사합니다.
5. 좋은 책을 읽었는데, 그 책을 써준 작가에게 감사합니다.

05

헤롤드 러셀

극심한 장애를 극복하고
자신의 생애를
최고로 만든
배우

"육체적인 장애는 내게 도리어 큰 축복이 되었지요.
언제나 잃어버린 것을 계산할 게 아니라 남아 있는 것을
신께 감사하면서 사용하여 살면,
언젠가는 잃은 것의 열 배는 보상받게 될 것입니다."

　한 손만으로 사는 것도 고통인데, 두 손 없이 산다면 얼마나 끔찍한 고통일까요. 그런데 양손을 잃고서도 장애로 고생하는 이들을 위해 영혼을 불사르며 자기 생애를 더없이 최고로 만든 사람이 있습니다. 헤롤드 러셀이 그 사람입니다.

　헤롤드 러셀은 캐나다 태생의 제2차 세계대전 미국 참전용사로, 탁월한 비전문 영화배우이자 장애인을 위한 사회활동가로 살았던 사람입니다. 러셀은 여섯 살 때 아버지를 여의고 매사추세츠 주에서 정규교육을 받으며 공과대학까지 마쳤습니다.

　러셀이 한창 나이인 27세 때 일본이 진주만을 습

격했습니다. 식품 시장의 정육점에서 일하고 있었던 그는 육군에 자원입대했습니다. 훗날 그는 자서전에서 자신이 입대를 자원한 동기에 대해 "애국심 때문이 아니라 스스로 실패자라고 생각했기 때문에 서둘러 입대했다."고 밝혔습니다. 그가 젊은 시절 자존감이 부족했다는 것을 보여주는 대목입니다.

양손을 잃은 역할의 영화 배역

러셀에게 불행이 덮친 것은 1944년 일어난 사고였습니다. 공수사단에서 하사관으로 복무하던 도중 훈련 시간에 TNT가 폭발하는 바람에 양손을 잃게 되었습니다. 잃은 두 손에는 두 개의 쇠갈고리가 부착되어 겨우 손 구실을 하게 되었습니다. 러셀은 상이군인으로 제대한 후에는 보스턴 대학에 입학했습니다.

그러던 그에게 행운이 찾아왔습니다. 유명한 윌리엄 와일러 감독에게서 출연 제의를 받은 것입니다. 와일러 감독은 2차 대전 참전용사들이 종전 후 미국 사회에 복귀해 적응해 가는 과정을 그린 영화를 준비

중에 있었습니다. 와일러는 실제로 부상을 당해 양손을 잃은 상이용사를 수소문 끝에 러셀을 찾았다고 합니다.

와일러는 러셀을 보자마자 과감히 캐스팅했습니다. 러셀은 전쟁 중 화재로 양손이 절단되어 의수義手로 생활하지 않으면 안 되는 호마 페리쉬 역할을 맡았습니다. 이렇게 탄생한 영화가 우리 생애 최고의 해라는 영화입니다. 러셀은 그가 맡은 배역을 훌륭하게 연기했습니다.

와일러 감독의 예상은 적중했습니다. 강철고리 두 손을 가진 러셀의 연기는 흑백영화인 이 영화에 사실성과 실제성을 보태주어 스크린은 진실과 위엄을 압도적으로 드러냈던 것이죠. 사람들은 전문배우들보다 비전문배우로서 연기에 최선을 다한 러셀에게 아낌없는 박수와 갈채를 보냈습니다.

러셀의 영화는 1946년 개봉돼 큰 흥행을 거두며, 이듬해 아카데미 시상식에서 감독상 등 7개 부문을 석권했습니다. 러셀은 이 영화로 남우조연상을 수상했습니다. 전날 밤 러셀은 상이용사 등 많은 불우한 사람들에게 희망과 용기를 북돋아준 공로로 명예 오스카상인 골든글로브상을 받았습니다. 아카데미 사상 한 배역으로 두 개의 오스카상을 거머쥔 것은 러셀이 유일합니다.

러셀은 영화 출연료를 상이용사들을 위해 기부했습니다. 러셀은 나머지 생애를 영화인보다는 사회활동가로 살았습니다. 평생을 장애인들의 생활 여건을 개선하는 일에 헌신한 그는 1992년 평안하게 눈을 감았습니다. 미국인들과 영화 애호가들은 그가 눈을 감았다는 소식을 듣고 슬퍼했습니다.

매일 매 순간 감사한다

사람들은 러셀 이야기를 들으면 왜 가슴이 뭉클해질까요? 그것은 두 가지 이유 때문입니다. 하나는 그의 긍정적이고 낭만적인 태도입니다. 긍정적이고 낭만적인 사람은 밝고 유머가 넘치게 마련이죠. 그리고 할 수 있다는 자신감과 결단력이 있지요.

러셀은 두 팔을 잃었지만 한 번도 그것을 불운하다거나 결점으로 생각하지 않았습니다. 오히려 그것을 불우한 이웃을 돕고 삶의 기쁨을 얻는 활력소가 되게 하였습니다. 영화에서 갈고리 손으로 사랑하는 신부의 오른쪽 손가락에 성공적으로 반지를 끼워 주었던 것처럼, 실제 삶에서도 자신의 능력을 유감없이 보여 주었습니다. 그는 한 신문기자와의 인터뷰에서 이렇게 말했습니다.

"나는 저녁 식대 계산서를 줍는 것 외에는
무슨 일이든 할 수 있어요."

지인들과 어울려 저녁 식사를 한 후 식사비를 웬만하면 지인들이 좀 내도 괜찮지 않느냐는 농담조의 이 말에 낭만과 여유가 묻어납니다. 러셀이 굉장히 긍정적인 사람이라는 사실은 그가 쇠갈고리 손으로 하루에 한 장씩 타자를 쳐서 자서전까지 썼던 데서 알 수 있습니다. 한마디로 러셀은 '긍정적인 악바리'였던 거죠.

러셀이 지니고 있는 또 하나의 장점은 그가 늘 이

웃과 신께 감사한 마음을 가지고 있었다는 점입니다. 그는 폭발사고로 정신을 잃고 쓰러져 병상에서 깨어난 후 자기에게 두 손이 없다는 것을 알고, '아, 나는 이제 쓸모없는 하나의 고깃덩어리에 불과하구나.' 하는 생각에 절망하고 괴로워했습니다. 자기의 두 손에 친친 감긴 커다란 붕대를 보며 '군대 연금으로 그냥 의미 없이 살다가 죽겠지.'라고 생각했다고 합니다. 그런 생각이 들자 자기 인생은 이제 끝장났다고 한탄하던 그였습니다.

러셀의 양손은 의사가 달아준 의수가 어깨에서 내려오는 얼마 남지 않은 팔에 부착되어 있었습니다. 그러나 러셀은 의사가 만들어준 의수로 타이프도 치고 글도 쓰면서 자기도 무언가를 할 수 있다는 희망을 품게 되면서 삶의 의욕을 되찾았습니다.

러셀이 절망의 늪에서 빨리 빠져나오게 된 것은 신앙의 힘 덕분이었습니다. 그는 어릴 때부터 부모를 따라 교회를 따라다닌 게 절망을 극복하는 데 큰 도움이 되었다고 합니다. 러셀은 훗날 이렇게 고백했습니다.

"나는 기본적으로 신께 대한 믿음과 나 자신에 대
한 믿음이 있었다. 그 두 믿음은 내가 모든 좌절에
서 언제든 일어설 수 있게 하는 힘이 되었다."

이렇게 러셀이 후천적으로 터득한 긍정적이고 낭
만적인 마인드와 어릴 때부터 가지고 있었던 기독교
신앙은 그로 하여금 매사에 늘 감사한 마음으로 살게
하는 원천이 되었던 것입니다. 그의 삶은 매일 매 순
간 감사하는 마음으로 가득 찼습니다. 러셀이 얼마나
'감사의 사람'이었는가는 그를 취재한 기자의 물음에
대한 답변에 잘 나타납니다.

"신체적인 조건 때문에 혹시
절망한 적은 없습니까?"

러셀은 망설이지 않고 이렇게 대답했습니다.

"아닙니다. 육체적인 장애는 내게 도리어 큰 축복이
되었지요. 언제나 잃어버린 것을 계산할 게 아니라
남아 있는 것을 신께 감사하면서 사용하여 살면, 언
제가는 잃은 것의 열 배는 보상받게 될 것입니다."

영국 웨일즈 지방에서는 다음과 같은 속담이 전해져 내려오고 있습니다.

"다리가 부러졌다면
목이 부러지지 않은 것에 대해 감사하라."

곰곰 생각할수록 무릎을 '탁' 치게 하는 명언이 아닐 수 없습니다. 헤롤드 러셀이야말로 이 원리를 제대로 깨닫고, 그래도 감사하며 살았던 사람입니다.

당신의 해를 최고가 되게 하라

러셀의 삶은 우리에게 큰 도전을 줍니다. 많은 사람들은 난관에 봉착하면 자기 연민과 절망에 빠져 그 늪에서 헤어 나오지 못합니다. 그러나 러셀은 고통의 침대에서 언제고 나약하게 누워 있지만은 않았습니다. 그는 과감하게 뛰쳐나와 주어진 조건과 환경에서 할 수 있는 일들을 찾았습니다. 러셀이 자신의 삶을 헤쳐 나갈 수 있었던 것은 신과 자신에 대한 믿음이었고, 그것은 감사로 나타났습니다.

러셀의 말대로 우리는 잃어버린 것에만 눈길을 돌리면 절망과 한숨만 보게 됩니다. 자신을 곰곰 되돌아보십시오. 잃은 것들보다 아직도 남아 있는 것들이 얼마나 많습니까! 팔이 없습니까, 다리가 없습니까, 눈이 없습니까? 드러누울 단칸방이 없습니까, 사랑하는 가족이 없습니까? 여전히 귀한 것들과 귀한 사람들이 그대 곁에 있지 않습니까?

이러한 것들은 축복입니다. 그대에게는 더 많은 가능성이 기다리고 있습니다! 남아 있는 것들이 잃어버린 것들보다 많다는 것을 발견하면 우리는 정말이지 감사가 넘쳐흐를 수밖에 없습니다. 감사는 좋은 조건과 환경에서만 나오는 건 아닙니다. 진정한 감사는 나쁜 조건과 나쁜 환경에서 나옵니다. 그 이치를 젊었을 때부터 깨닫는다면 엄청난 축복의 삶을 살게 될 것입니다.

사실 우리 각자는 지난날을 뒤돌아보면 잃은 복보다는 받은 복이 훨씬 많다는 것을 깨닫게 됩니다. 그런데도 불평하고 원망한다면 남은 생애도 끊임없이 불평하고 원망하면서 불행하게 살게 되지 않겠습니까? 우리가 사는 세상은 험하고 거친 파도가 출렁대는 곳입니다. 그래도 마음이 흔들려 낙심하거나 실족해서는 안 됩니다. 견고히 박아놓은 말뚝처럼 꿋꿋해야 됩니다. 약한 마음으로 낙심될 때에는 "받은 복을 세어 보아라"는 찬송도 있잖습니까?

그러면 우리는 이제 어떻게 살아야 할까요? 날마다 감사하며 살아야 하지 않겠습니까! 감사함으로 앞길의 장애물들을 뛰어 넘는 당신은 헤롤드 러셀처럼 해마다 최고의 해를 살게 될 것입니다. 당신의 최고의 해는 결코 끝나지 않았습니다. 그것은 당신이 어떻게 하느냐에 달려 있습니다. 그 열쇠는 바로 '감사'입니다. 거센 파도가 밀려올수록 '그래도 감사'하며 사는 것이죠.

그렇다면 올해를 당신의 최고의 해가 되게 하십시오. 내년도 최고의 해가 되게 하십시오. 그리고 다음 해도, 또 그 다음 해도……. 생애 남은 해들을 모두 최고의 해가 되게 하십시오. 찬란한 해 아래 사는 당신의 모든 날들을 최고가 되게 하십시오. 감사함으로 사는 당신에게 모든 날들은 진정 최고의 날이 될 것입니다.

감사로
세상을 헤쳐 나간 사람들

4

감사는 메마른 밭고랑에
천천히 차오르는 단비 같은 것

01
이지선

절망이라는
이름의 열차를
희망의 열차로 갈아탄
여신

"제 상처와 제 못난 외모와 짧은 손가락이
그저 장애로만 남지 않게 하신
하나님께 감사드립니다."

끔찍한 교통사고

그녀의 삶을 바꾼 사건이 일어난 것은 꽃같이 예쁜 23살 때였습니다. 이화여자대학교 유아교육학과 4학년에 재학 중이었습니다. 아스팔트를 녹아내리게 하는 뜨거운 여름, 지선 양은 여느 때처럼 학교에서 나와 즐겁게 오빠와 함께 집에 가고 있었습니다. 바로 그때 만취한 운전자의 승용차가 네거리에서 신호대기 중이던 차를 들이받았습니다. '꽝'하는 소리와 함께 차는 나뒹굴었고, 그 충격으로 차 안은 불이 나 순식간에 화염에 휩싸였습니다.

지선 양과 오빠는 순간 정신을 잃었습니다. 천만

다행히도 정신을 잃었던 오빠가 먼저 깨어났습니다. 매캐한 연기가 차 안에 가득했습니다. 오빠는 본능적으로 여동생을 찾았습니다.

"지선아!"

오빠는 의식을 잃고 '으으'하며 신음소리를 내는 여동생을 발견했습니다.

"정신 차려! 지선아!"

그렇게 여동생을 흔들어 깨우는데, 지선의 상반신에는 이미 불이 붙어 불길이 마구 퍼져 나가고 있었습니다.

오빠는 급히 옷을 벗었습니다. 어느새 지선의 상의와 머리칼에 불이 붙어 타올랐습니다. 마치 짚더미에 불이 붙은 것처럼.

"오, 하나님!"

오빠는 미친 사람처럼 옷을 휘둘러 간신히 불길을 껐습니다. 여동생은 신음소리조차 내지 않았습니다.

"아이고, 하나님. 죽으면 안 돼요.
제 동생 살려주세요!"

오빠는 동물처럼 소리를 지르면서 여동생을 급히 차에서 빼냈습니다. 그 순간 차는 '펑' 하는 굉음과 함께 폭발했습니다.

괴물 같은 자기 모습에 "아악, 싫어요!"

병원에 급히 실려 온 지선 양은 몸과 얼굴이 까맣게 타버려 그야말로 사람인지 불에 탄 막대기인지 구별이 안 되었습니다. 몸의 55퍼센트가 불에 데어 전신 3도의 중화상을 입었기 때문입니다. 의사는 그런 지선 양을 보며 "살 가망이 전혀 없습니다."라며 고개를 저었습니다.

하지만 다행히도 지선 양은 지속적인 치료를 받고

기적같이 목숨만은 건졌습니다. 그러나 얼굴이 너무나 불에 손상된 탓에 도저히 사람의 얼굴이라고는 믿기 어려운 얼굴로 변해 있었습니다. 그 얼굴은 사고가 나기 전 모습의 지선이 아니었던 것입니다.

'사람의 얼굴이 하루아침에
이렇게 바뀔 수가 있다니!'

그것은 가족들에게 엄청난 충격이었습니다. 그러나 제일 충격을 받은 사람은 다름 아닌 당사자 본인이었습니다. 그녀는 온몸에 붕대를 친친 감은 자신의 모습을 보고는 경악하고 말았습니다. 예쁘고 생기발랄한 모습은 온데간데없고 미라처럼 괴물 같은 자신의 얼굴을 보고는 기겁을 했던 것입니다.

"아악! 싫어요!"

그녀는 절망감에 몸부림쳤습니다. 그녀의 꿈은 산산조각이 나서 회복 불가능한 것처럼 보였습니다. 지선 양은 병원에서 7개월 동안 입원해 있으면서 무려 서른 번 넘는 수술과 재활치료를 받았습니다. 하지만 뭉그러지고 일그러진 얼굴을 되찾을 수는 없었습니다.

"지선아, 사랑해."

그러한 지선 양에게 은혜가 임하기 시작했습니다. 그것은 지선 양이 어릴 때부터 엄마 손을 붙잡고 교회를 다닐 때부터 알게 모르게 그녀의 영혼에 깃든 은혜였습니다. 신의 은혜는 극심한 좌절과 고통 가운데서 찬란한 빛을 바라보게 합니다. 그 빛에 노출되면 놀랍게도 절망은 희망으로 바뀝니다. 은혜가 지선 양에게 임하자 지선 양은 희망을 보기 시작했습니다.

희망! 희망은 사랑으로부터 시작합니다. 살아갈 용기를 잃고 신음하고 괴로워하는 그녀에게 삶의 희망을 불어넣은 것은 엄마의 사랑이었습니다. 엄마는 딸을 볼 때마다 이렇게 말했습니다.

"애야, 두려워하지 말거라. 나는 지금의 네 얼굴도 예쁘거든? 너는 전보다 더 많은 사람들에게 사랑을 받게 될 거야."

지선을 보러 병원에 온 사람들마다 지선의 손을 붙잡고 이렇게 말했습니다.

"지선아, 사랑해."

입원한 지 석 달쯤 되었을 때 그녀는 인생과 세상의 아름다움에 눈을 뜨기 시작했습니다. 그는 거울에 비친 일그러진 자기 얼굴을 보며 활짝 웃어보려고 하였습니다. 그러면서 이렇게 되뇌었습니다.

"지선아, 사랑해."

그런 그녀에게 놀라운 일이 일어났습니다. 이게 대체 웬일입니까? 코와 이마와 볼에 새살이 돋아나는 게 아닙니까! 그것은 기적이었습니다. 지선 양은 너무나 기쁜 나머지 "오, 주님. 너무너무 감사해요."라고 환호했습니다. "주님, 너무너무 감사해요."라는 말을 얼마나 많이 했던지 자면서도 잠꼬대를 할 정도였습니다.

두 눈으로는 볼 수 없을 만큼 형편없이 형체가 일그러진 그녀의 얼굴은 겨우 '사람의 얼굴'을 되찾게 되었습니다. 예전의 예쁘고 생기발랄한 얼굴은 아니지만, 지선 양은 예전의 얼굴보다 지금의 얼굴을 더 좋아하게 되었습니다. 그것은 보통 사람으로서는 도저히 이해할 수 없는 고차원적인 그 어떤 것입니다. 나는 그게 은혜가 아닌가 생각합니다. 은혜란 사람으로부터 오는 게 아니라 절대자이시고 사랑이 많으신 그분으로부터 오는 선물입니다.

신이 덤으로 주신 두 번째 인생

퇴원 후 지선 양은 두 번째 인생을 살게 되었습니다. 그녀는 틈날 때마다 자신의 두 번째 인생을 신이 덤으로 주신 선물이라고 고백합니다. 은혜를 받은 사람에게는 감사가 넘쳐납니다. 지선 양 또한 그러했습니다. 그녀는, 행복은 눈으로 보는 것들이 아닌 눈에 보이지 않는 것, 즉 마음에서 온다는 것을 깨달았습니다. 그녀는 기자들에게 인터뷰할 때나 교회에서 간증을 할 때 행복에 대해 이렇게 말했습니다.

"행복은 마음속에 있습니다.
마음속에 행복이 남아 있다면 그것으로 충분해요."

이 말을 듣는 사람들은 화들짝 놀라며 자기 귀를 의심했습니다. 그런 이들에게 지선 양은 다시 이렇게 말했습니다.

"제 상처와 제 못난 외모와 짧은 손가락이
그저 장애로만 남지 않게 하신 하나님께
저는 감사드려요."

지선 양은 2003년 자신의 경험을 담은 책을 세상에 내놓았습니다. **지선아 사랑해**라는 제목으로 출간한 그 책은 베스트셀러가 되어 화제를 모았습니다. 그녀는 책에서 20대 청년이라고는 도무지 믿기지 않는 말을 했습니다. 그 일부를 소개하면 다음과 같습니다.

생명이 얼마나 소중한 것인지,
사랑이 얼마나 따뜻한 것인지,
절망이 얼마만큼 사람을 죽일 수 있는지,

희망의 힘은 얼마나 큰지,

복은 얼마나 가까이에 있는지,

기쁨과 감사는 얼마나 작은 것에서부터

시작되는지.

그녀는 2004년 봄 한 교회의 후원으로 미국 유학을 떠났습니다. 미국에 있으면서 그녀는 또 한 번 세상을 깜짝 놀라게 했습니다. 뉴욕에서 열린 마라톤대회에 참가해 7시간 22분 동안을 쉬지 않고 달려 코스를 끝까지 완주한 것입니다. 결승점을 통과한 후 지선 양은 이렇게 말했습니다.

"달리면서 저는 몇 번이고 주저앉고 싶었습니다. 하지만 그때마다 세상에서 지친 많은 사람들에게 현실 앞에서 절대로 포기하지 않도록 목표를 향해 가면, 그 끝에 희망이 있다는 것을 보여줘야겠다는 일념으로 앞만 보고 계속 달렸어요."

유학을 마친 이지선은 2017년 한동대학교 상담심리 사회복지학부 교수로 채용되었습니다. 그는 이제 어엿한 교수가 된 것입니다. "제 손이 필요한 사람에게 손을 내밀고 잡아주는 사람으로 살기 원해요."라고 말했던 맑디맑은 여대생은 어느덧 40대에 접어든 중년의 여성이 되어 오늘도 좌절과 절망에 처한 많은 이들에게 삶의 위로와 희망을 주고 있습니다. 기회 있을 때마다 그는 '삶은 축복'이라고 말합니다. 그리고 '고난은 축복'이라고 자신 있게 말합니다.

"저는 사고 이전으로 돌아가고 싶지 않아요. 고난의 끝에 생각지도 못했던 보물을 발견했으니까요."

아아, 이것이 바로 축복입니다! 이것이 바로 은혜입니다! 인생을 너무나 가볍게 사는 우리들에게 이지선 교수의 고백은 어찌나 큰 울림이 되고 있는지요! 누가 인간에게서 악취가 난다고 했습니까.

누가 인간에게서 희망이 없다고 했습니까. 지선 씨를 보노라면 가당치 않은 말들입니다. 지선 씨에게서 우리는 진동하는 향기를 맡으며 숙연해집니다. 이런 사람이 있기에 세상은 아직도 향기가 나고, 아름답고, 희망이 있습니다. 절망이라는 이름의 열차를 희망의 열차로 갈아탄 그녀에게서 우리는 삶의 희망을 발견하게 됩니다.

이지선 교수는 사소한 것에도 감사합니다. 이지선 교수야말로 '그래도 감사'의 경지에 오른 최고의 달인입니다. 감사는 그녀의 삶을 아름답게 하는 힘입니다.

그러기에 그가 짊어진 고난의 삶은 늘 기적 · 사랑 · 희망과 같은 것들이 어울려 별처럼 빛나고 있습니다. 그는 자신이 느끼고 경험했던 인생의 소중한 비밀들을 희망을 잃고 방황하는 사람들과 나누고 싶어 합니다. 감사의 경지에 이른 이지선 교수에게 축복이 있기를 진심으로 바랍니다.

02
장기려

사랑과 나눔의
정신을 실천한
우리 시대의
진정한 의사

"오늘 밤,
병원 뒷문을 열어 놓을 테니
살짝 도망치시오."

농부는 퇴원날짜가 가까울수록 근심이 많아졌습니다. 곤궁한 형편이라 수술비와 입원비를 낼 수 없었기 때문입니다. 할 수 없이 농부는 부인과 함께 원장실을 찾아갔습니다.

"원장님, 원무과에 부족한 입원비를 훗날 갚겠다고 통사정을 해도 안 받아 주네요. 모내기철이라 제가 속히 병원에서 나가도록 사정 좀 봐주십시오."

생각에 잠겨있던 원장이 입을 열었습니다.

"오늘 밤, 병원 뒷문을 열어 놓을 테니 살짝 도망치 시오."

그날 밤, 농부 부부는 입원실 창문 틈 사이로 새어 나오는 어스름한 전깃불을 등 뒤로 발뒤꿈치를 들고 살금살금 뒷문 쪽으로 걸어왔습니다.

"여기요, 여기!"

어둠 속에서 원장 선생님은 농부의 거친 두 손을 잡고 말했습니다.

"잘하셨습니다. 자, 여기 얼마 안 되지만 차비로 쓰십시오. 열심히 살길 바라오."

다음 날 아침, 환자가 사라졌다는 간호사의 말을 듣고 서무과 직원이 원장실로 뛰어왔습니다.

"원장님, 106호 환자가 간밤에 사라졌습니다."

그 말을 들은 장 박사는 빙그레 웃으며 말했습니다.

"사실은 내가 도망치라고 문을 열어주었소. 다 나

은 환자를 병원에서 마냥 붙들고 있는 게 온당하지 않아요. 이 과장도 알다시피 지금은 한창 바쁜 농사철 아니오?"

한국의 슈바이처 장기려 박사의 별명은 '바보 의사'

위 감동적인 글은 한국의 슈바이처로 불리는 장기려 박사의 일대기에 나오는 일화입니다. 병원비를 낼 돈이 없어 전전긍긍하는 딱한 환자가 야밤을 틈타 도망갈 수 있도록 병원 뒷문을 열어 놓았다는 이 이야기는 읽기만 해도 우리네 가슴을 먹먹하게 합니다. 너무나 선량하고 마음씨가 곱다고 해서 붙여진 별명, '바보 의사' 장기려. 그의 바보 이야기를 일일이 적어 책으로 만든다면 한 트럭 분량은 족히 되고도 남을 것입니다.

장기려 박사는 평생 가난한 자들을 위해 인술을 베풀었습니다. 아니, 인술도 인술이려니와 그의 삶 자체가 가난한 이들과 더불어 산, 행동하는 신앙인이었지요. 병원비가 없어 전전긍긍하는 환자들을 대신해

병원비를 내주는 일이 얼마나 많았던지 손에 쥐는 월급은 번번이 얼마 되지 않았습니다. 의사들이 없어 치료를 받지 못하는 무의촌을 찾아 환자들을 돌보느라 자기 건강을 챙길 겨를조차 없었습니다. 나이가 들어 은퇴한 장기려 박사는 변변한 집 한 채가 없어 병원 옥탑방에 기거했습니다. 그러면서도 그는 늘 감사하며 살았습니다. 그의 바보 행진은 온정과 사랑이 메말라버린 우리에게 뜨끔한 교훈을 줍니다.

한국 동란으로 평양에서 부산으로 내려와 정착하다

장기려는 1911년 평안북도 용천의 부유한 기독교 집안에서 태어났습니다. 그는 치료비가 없어서 의사 얼굴 한 번 못 보고 죽는 사람들을 위해 평생을 바치기로 다짐했습니다. 1928년 경성의학전문학교에 들어가 4년 후 수석으로 졸업하고, 경성의전 외과학교실에 의사로서 첫발을 내딛었습니다. 그리고 그해 새문안교회에서 결혼해 3남 3녀를 낳았습니다.

장기려는 젊은 날 불쌍한 환자들을 위해 평생을 바

치겠다고 한 하나님과의 약속을 지키기 위해 1940년 평양으로 올라가 선교병원인 평양연합기독병원 외과 과장으로서 본격적인 의사생활을 하기 시작했습니다. 해방 후에는 평양도립병원장, 평양의과대학 교수 겸 부속병원 외과 과장으로 재직했습니다. 그러던 중 한국동란을 맞았습니다. 급히 남으로 철수하는 한국군과 유엔군을 따라 그는 둘째 아들인 가용 하나만 데리고 야전병원 앰뷸런스를 얻어 타 피난길에 올랐습니다. 남한 땅에서 그가 정착한 곳은 부산이었습니다. 그 후 장기려는 서울대학교 의과대학 외과학 교수 등을 거쳐 1976년 부산아동병원 원장 등을 역임했습니다.

부산에 내려온 장기려는 곧바로 국군병원 의사로 채용돼 전쟁과 가난으로 치료 한 번 제대로 받지 못하는 사람들을 위해 천막을 치고 진료를 하기 시작했습니다. 그것은 장 박사로 하여금 평생 가난한 사람들을 위해 무료진료를 하게 하는 계기가 되었습니다. 장기려는 1951년 부산 남항동에 있는 제3교회에서 무료진료기관인 복음병원을 설립해 원장으로 재직하면서 수많은 환자들을 돌보았습니다. 장기려는 그때부터

1976년까지 25년 동안 복음병원 원장으로 봉직했습니다.

장기려 박사가 의학계에 남긴 최대 업적은 한국 최초의 간 절제수술에 성공했다는 점입니다. 그는 간 부문 한국 최고의 외과의사였습니다. 간에 관한 연구로 1961년 학술상을 받았으며, 1974년에는 한국간연구회를 만들어 초대 회장을 역임했습니다. 장기려는 또한 우리나라 의료보험제도의 선구자입니다. 그는 1968년 영세민들에게 의료복지 혜택을 주기 위해 한국 최초로 민간 주도의 청십자의료보험조합을 발족시키는 한편, 청십자의료보험조합이 직영하는 청십자병원을 설립했습니다. 우리나라가 500명 이상 사업장 근로자를 대상으로 의료보험을 실시한 해는 1977년이므로, 청십자의료보험조합은 국가 차원에서 실시하는 의료보험보다 9년 일찍 보험제도를 시작한 셈입니다.

장기려 박사의 인도주의적인 무료 의료활동과 사회봉사 활동은 이밖에도 열거할 수 없을 정도로 차고 넘칩니다. 이 같은 공로를 인정받아 그는 대한민국 국민훈장 동백장 등 많은 훈장들을 받았으며, 1979년에는 아시아의 노벨상이라고 하는 막사이사이 사회봉사상을 받았습니다.

그런 장기려는 남북 분단의 희생자였습니다. 그는 한국동란 때 북에 남겨둔 아내와 다섯 자녀들을 영영 재회하지 못하고 독신으로 살았습니다. 1985년 남북한 간 역사적인 첫 상봉이 이뤄진 뒤 2018년까지 스물 한 차례의 이산가족 상봉이 이루어졌지만, 그는 끝내 가족과 상봉하지 못했습니다. 장 박사는 일천만 이산가족이 있는데, 혼자 특혜를 받을 수 없다며 정부의 방북 권유를 사양했습니다.

"이 환자에게 닭 두 마리 값을 내주시오. -원장-"

장 박사는 1995년 12월 25일 성탄일 새벽 85세를 일기로 서울 백병원에서 지병인 당뇨병으로 운명했습니다. 그는 자신의 유해를 화장하여 부산 앞바다에 뿌리도록 유언을 남겼습니다. 그러나 유가족은 차마 그럴 수 없어 유해를 경기도 남양주시 마석 모란공원에

모셨습니다. 장 박사의 비문에는 이렇게 새겨져 있습니다.

> "의학박사 장기려. 모든 것을 가난한 이웃에게 베풀고 자기를 위해서는 아무 것도 남기지 않은 선량한 부산시민, 의사, 크리스천."

장기려 박사는 살아 있을 때도 많은 사람들에게 존경을 받았지만, 죽어서 더 큰 존경을 받고 있습니다. 그는 죽어서도 우리 곁에 있는 '살아 있는 성자'입니다. 장 박사는 며느리가 시집올 때 예단으로 해온 이불조차 고학생에게 주었다고 합니다. 그는 불쌍한 사람을 보면 외면하지 않았습니다. 한번은 병원을 나서 외출하는데, 거리에서 나이든 거지가 옷을 잡아당기며 구걸을 했습니다. 호주머니에 돈이 없다는 것을 발견한 그는 그날 월급으로 받은 수표를 꺼내 그 거지 노인에게 주었습니다. 또 한번은 환자를 진료하였는데, 그 환자는 무엇보다 잘 먹어야 했습니다. 장 박사가 환자에게 써준 처방전은 이렇습니다.

> "이 환자에게 닭 두 마리 값을 내주시오. -원장-"

장기려 박사는 아무 것도 남기지 않고 하늘나라로 갔습니다. 그는 평생 청빈을 넘어선 가난을 실천했습니다. 몸소 가난을 실천하는 삶의 태도야말로 예수 그리스도의 참 제자로서 그리스도의 향기를 나타낸다고 생각했던 것입니다. 옆에 재물이 있으면 거추장스러운 듯 그는 소유하지 않은 상태를 자유라고 여겼습니다. 그는 소유에 대해 이렇게 말했습니다.

"늙어서 별로 가진 것이 없는 것은 다소 기쁨이긴 하나, 죽었을 때 물레밖에 안 남겼다는 간디에 비하면 나는 아직도 가진 것이 너무 많다."

가난하고 불우한 이웃에게 사랑을 실천하려는 장기려의 불꽃 같은 열정은 의사가 되었을 때부터 숨을 거둘 때까지 식을 줄을 몰랐습니다. 그는 의사가 된 동기를 "가난해서 의사를 한 번도 못 보고 죽어가는 사람들을 위해 뒷산 바윗돌처럼 항상 서 있는 의사가 되기 위해서."라고 밝혔습니다. 가난한 자들을 돌보는 의사 일은 신이 자기에게 내리신 명령이므로 사명과 같은 것이라고 하면서……

"의학도가 되려고 지원할 때 치료비가 없어 의사의 진찰도 받지 못하고 죽는 환자는 너무 불쌍하다고 생각했다. 나는 평생을 그러한 환자들을 위해 살기로 결심했다. 이 결심을 잊지 않고 살면 내 생애는 성공이요, 이 생각을 잊으면 실패라고 생각하고 있다."

가난하고 소외받는 사람들의 편에 서서 편한 조건들을 거절하고 몸소 가난을 실천하기란 결코 쉬운 일은 아닙니다. 그것은 갖가지 유혹들을 이겨내기 위한 피나는 자기 투쟁과 절제와 인내를 필요로 합니다. 그렇게 함으로써 스스로 낮은 데로 임하는 것입니다. 장 박사는 외롭고 고된 이 싸움에서 이기기 위해 매일 좌우명을 적은 액자를 벽에 걸어놓고 선포했다고 합니다. 그 좌우명은 성산삼훈聖山三訓입니다. 성산聖山은 장 박사의 호입니다. 장 박사의 좌우명은 무질서하고 무책임한 우리 사회에 경종을 울려줍니다.

사랑의 동기가 아니면 말을 삼가라.
옳은 것은 옳다 하고, 아닌 것은 아니다 하라.
문제의 책임은 자신이 져야 한다.

범사에 감사하고 기도하는 장기려 박사

장기려 박사는 어떤 상황에서든 기쁨을 잃지 않으며 범사에 감사하고 기도하는 사람이었습니다. 그는 세상을 달관한 사람처럼 보였습니다. 그는 기회 있을 때마다 사람들에게 말했습니다.

"바보 소리를 들으면 성공한 거요."

"바보 소리를 들으면 성공한 거요."라고 말하는 장 박사의 가슴에는 늘 가난한 이들에 대한 사랑이 있었습니다. 그것은 그가 신께 받은 사랑이 너무나 컸기 때문이고, 그가 안식할 영원한 처소는 천국이라고 확신했기 때문입니다. 장 박사의 일기에는 그러한 기쁨으로 충만한 글이 있습니다.

나의 세계는 나의 사랑하는 곳에 있다.
그것은 나의 영원한 왕국이다.
아무도 빼앗지 못한다.
인생의 승리는 사랑하는 자에게 있다.
사랑받지 못한다고 슬퍼하지 말라.

자진해서 사랑하자.

그러면 사랑을 받는 자보다 더 많은 환희로

충만하게 되리라.

자신의 포도주 잔에 포도주가 줄어들수록 초조해
져 감사하지 못하는 사람은 우리 주변에 얼마든지 있
습니다. 자신의 포도주 잔이 반쯤 찼는지 반쯤 비어
있는지 누가 묻는다면 컵을 가지고 있다는 그 사실에
감사하시길 바랍니다. 그때 비로소 "내 잔이 넘치나
이다."라고 감사할 수 있게 됩니다.

장기려 박사는 아무것도 가지지 않으면서도 진실
로 가지고 있는 사람이었기에 감사의 사람이었습니
다. 그러기에 그의 신앙은 빛날 수 있었습니다. 그는
한국 사회가 선량한 사람들이 많아지기를 소망하며
자신부터 선량하게 살려고 노력했습니다. 그는 늘 하
나님께 감사했습니다. 그리고 돌보아 줄 가난한 이웃
들이 옆에 있다는 데 늘 감사했습니다.

장기려 박사가 보여준 삶은 사랑과 감사를 잃고 사
는 이 시대의 모든 사람에게 참다운 행복은 무엇이고,

그 행복은 어디에서 오는지를 곰곰 생각하게 해줍니다. 다음은 그가 지은 '송도앞 바다를 바라보면서'라는 시입니다. 이 시에는 감사와 사랑으로 살아가고 싶어 하는 그의 마음이 절절히 배어 있습니다.

송도 앞 바다를 바라보면서

수도꼭지엔 언제나 시원한 물이 나온다.
지난겨울엔 연탄이 떨어지지 않았다.
쌀독의 쌀을 걱정하지 않는다.
나는 오늘도 세끼 밥을 먹었다.

사랑하는 부모님이 계신다.
언제나 그리운 이가 있다.
고양이 한 마리 정도는 더 키울 수 있다.
그놈이 새끼를 낳아도 걱정할 일이 못 된다.

보고 듣고 말함에 불편함이 없다.
슬픔에 울고 기쁨에 웃을 수 있다.
사진첩에 추억이 있다.

거울 속의 내 모습이 그리 밉지만은 않다.

기쁠 때 볼 사람이 있다.
슬플 때 볼 바다가 있다.
밤하늘에 별이 있다.
그리고 세상에 사랑이 있다.

03
시인들

이해인 · 노천명 · 심훈섭
그리고 어느 병실에
붙어 있는 시를 쓴 무명시인의
감사

"내 한 생애의 처음과 마지막 기도는
'감사합니다!'라는 말이 되도록
노래 부르고 싶다."

이해인

감사는 행복의 시작

행복이란 무엇일까요? 그것은 감사하는 삶입니다. 감사는 행복을 낳습니다. 감사의 친구는 만족과 자족입니다. 감사의 적은 불만족과 불평입니다. 불만족과 불만은 불평의 씨앗입니다. 불평은 불행을 낳습니다. 불평의 친구는 불만과 원망입니다. 그리고 보면 우리네 삶은 감사와 불평, 이 둘의 선택의 연속인 것 같습니다.

어두운 창살 감옥에 갇혀 있더라도 감사가 넘친다면 그곳이 천국입니다. 호화로운 큰집에 산다고 하더라도 불평하고 만족하지 못한다면 그곳이 지옥일 것입니다. 감사를 선택하느냐 불평을 선택하느냐에 따라 천국이 될 수도 있고 지옥이 될 수도 있는 것입니다.

그러기에 '당신이 지금 얼마나 행복한가'는 '지금 얼마나 감사하고 있느냐' 하는 것과 같습니다. 17세기 영국의 저명한 전기 작가인 아이작 월튼Izaak Walton은 다음과 같은 명언을 남겼습니다.

"신이 거하시는 데는 두 곳이 있다. 하나는 천국,
다른 하나는 부드럽고 감사하는 마음."

미국 서부개척 시대 때 테쿰세Tecumseh라는 인디언 추장은 이런 말을 남겨 그 이름이 지금도 전해오고 있습니다.

"네가 아침에 일어날 때에, 아침빛에 감사하라. 너의 생명과 힘에 감사하라. 너의 음식과 삶의 기쁨에 감사하라. 감사를 드려야 할 이유가 없다고 판단되면 그 잘못은 자신에게 있다."

시인들은 행복을 아름다운 시로 직조하는 사람들입니다. 그들은 가난해도, 아파도, 고독해도 시를 쓰지요. 시를 쓰기 위해 그들은 산다고도 할 수 있습니다. 아니, 시가 그들을 씁니다. 시인들은 정말 감사가 넘칠까요? 시인들은 정말 고통을 환희로, 절망을 희망으로 바꾸며 살까요? 참 궁금합니다.

그들도 인간이기에 왜 고통이 없고 절망이 없겠습니까? 하지만 그들은 시를 쓰므로 고통 대신 기쁨을, 절망 대신 희망을 노래합니다. 고통과 절망이 자신들의 마음을 정금같이 다듬어놓는다는 걸 삶에서 터득한 사람들이지요.

시인들은 귓가에 스치는 산들바람에 감사하고, 머리카락에 와 닿는 따사로운 봄볕에 감사하고, 담장 밑에 살짝 피어난 노란 민들레꽃에 감사하고, 엄마 품에 안긴 아기의 방긋 웃음에 감사합니다. 시인들이 일상에서 곰파고 느끼는 감사를 엿보는 것도 우리에겐 큰 즐거움입니다.

감사의 시 다섯 편

그래서 감사하는 마음을 잘 표현하는 다섯 편의 시들을 소개해보겠습니다. 맨 먼저 소개하는 시는 이해인 시인의 시 두 편입니다. 수녀로서 이해인은 가톨릭을 넘어 종교계의 자산입니다. 그녀는 수도자로서 우리에게 영감을 주는 것도 고마운데, 자연과 삶의 따뜻한 모습을 서정적으로 노래하는 시인으로서 우리에게 삶의 기쁨과 무한한 긍지를 심어 주지요.

이해인은, 감사하는 마음은 유리창처럼 깨끗한 마음, 남을 배려하는 부드럽고 따뜻한 마음, 자기를 낮추는 겸손한 마음, 슬프고 우울한 일에도 기뻐하는 마음, 주위 사람들과 사물들에 예민하게 깨어 있는 마음, 허물을 감춰 주고 용서해 주는 평화로운 마음, 자신의 한계를 인정하고 신의 큰 사랑을 바라는 기도하는 마음이라고 하였습니다. 아래 두 시들은 그녀가 얼마나 감사하는 마음이 절절한지를 보여줍니다.

감사와 행복

이해인

내 하루의 처음과 마지막 기도
한 해의 처음과 마지막 기도
그리고 내 한 생애의 처음과 마지막 기도는
'감사합니다!'라는 말이 되도록
감사를 하나의 숨결 같은 노래로 부르고 싶다.

감사하면 아름다우리라
감사하면 행복하리라
감사하면 따뜻하리라
감사하면 웃게 되리라

감사가 힘들 적에도
주문을 외우듯이 시를 읊듯이
항상 이렇게 노래해 봅니다

오늘 하루도 이렇게 살아서
하늘과 바다와 산을
바라볼 수 있음을 감사합니다

하늘의 높음과 바다의 넓음과
산의 깊음을 통해
오래오래 사랑하는 마음을
배울 수 있어 행복합니다

감사 예찬

이해인

감사만이 꽃길입니다
누구도 다치지 않고 걸어가는
향기 나는 길입니다

감사만이 보석입니다
슬프고 힘들 때도
감사할 수 있으면
삶은 어느 순간
보석으로 빛납니다

감사만이 기도입니다
기도 한 줄 외우지 못해도

그저 고맙다 고맙다
되풀이하다 보면

어느 날 삶 자체가
기도의 강으로 흘러
가만히 눈물 흘리는 자신을
보며 감동하게 됩니다

다음으로 소개하는 시는 여류시인 노천명의 감사라는 시입니다. 7행으로 된 짧은 이 시에는 감사하며 살고 싶어 하는 시인의 마음이 잘 녹아 있습니다. 1912년 황해도에서 태어난 노천명은 신문기자로 일하면서 창작활동을 했습니다. 하지만 그녀는 일제 때 친일 행적과 한국동란 때 부역에 참여하는 오점을 남기기도 했습니다. 40세 되던 해 가톨릭에 입교, 영세를 받은 그녀는 47세의 아까운 나이에 뇌빈혈로 사망했습니다. 자신의 처절하고 고독한 실존을 탐구하는 노천명의 시는 향수와 사랑의 세계를 그려내고 있습니다.

감사

노천명

저 푸른 하늘과
태양을 볼 수 있고

대기를 마시며
내가 자유롭게 산보할 수 있는 한

나는 충분히 행복하다
이것만으로 나는 신에게
감사할 수 있다.

   세 번째로 소개하고 싶은 시는 노천명의 감사와 제
목이 같은 감사입니다. 이 시의 저자 심홍섭입니다.
심홍섭은 크리스천 시인으로 목회와 시작詩作 활동을
겸하고 있습니다. 심 시인은 때를 따라 은혜를 내려
주시는 하나님께 감사하는 시들을 써 오고 있습니다.
그에게는 아내와, 어머니와, 새벽이슬과, 단칸방과,
힘들었던 보릿고개 시절과, 살아 있다는 것이 늘 감사
의 주제이고 대상입니다.

감사

심흥섭

스치는 바람에도 감사
육신의 건강에도 감사
말씀 은혜 주신 것 감사
때 맞춰 주시는 만나에 감사
새벽이슬 머금고
새벽기도 드릴 수 있는 것에 감사
불평 불만 푸념 속에서도 찬송할 수 있는 것 감사.

마지막으로 소개하고 싶은 건 작자 미상의 시입니다. 누가 지었는지 모르는 이 시는 제목이 없는 채 퍼져 나가 어언 어느 병실에 걸린 시라는 제목을 얻었습니다. 침대에 누운 환자가 병실 벽에 붙어 있는 이 시를 어쩌다 힐끗 본다면, 그것은 뜻밖에 찾아 온 행운이 될 것입니다. 나약해진 환자에게 단박에 삶의 위로와 용기를 주니까요.

어느 병실에 걸린 시

작자 미상

주님! 때때로
병들게 하심을 감사합니다.
인간의 약함을
깨닫게 해주시기 때문입니다.

가끔 고독의 수렁에
내던져 주심도 감사합니다.
그것은 주님과
가까워지는 기회입니다.

일이 계획대로 안 되게
틀어주심도 감사합니다.
그래서 나의 교만을
반성할 수 있습니다.

아들딸이 걱정거리가 되게 하시고
부모와 동기가
짐으로 느껴질 때도
있게 하심을 감사합니다.
그래서 인간 된 보람을

깨닫기 때문입니다.

먹고사는 데
힘겹게 하심을 감사합니다.
눈물로써 빵을 먹는 심정을
이해할 수 있기 때문입니다.

불의와 허위가
득세하는 시대에
태어난 것도 감사합니다.
하나님의 의가
분명히 드러나기 때문입니다.

땀과 고생의 잔을
맛보게 하심을 감사합니다.
그래서
주님의 사랑을 깨닫기 때문입니다.

주님!
감사할 수 있는
마음을 주심을 감사합니다.

04
신애라-차인표 부부

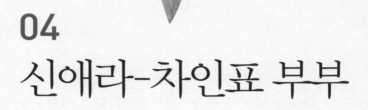

"연기는 직업이고
아이들을 돌보는 건
소명"이라는 연예계
잉꼬 부부

"인생은 선택의 연속이다. 감사하는 것도 선택이다.
감사는 장미꽃처럼 가시가 있기에 선택하고 싶지만은 않다.
그러나 우리는 감사를 선택해야만 한다.
그것은 신이 우리에게 허락하신 명령이다."

아이를 낳지 못하는 부부가 보육원의 아이들을 7명이나 입양했습니다. 맏이의 이름은 한나입니다. 한나는 훌륭하게 자라 대학원을 졸업하였습니다. 막내는 중학생입니다. 고등학교 시절 한나는 부모가 여러 명의 아이들을 입양해서 애쓰는 것을 보고는 어느 날아빠에게 여쭈었습니다.

"아빠는 왜 이렇게 많은 아이들을 입양했어요?"
아빠가 대답했습니다.
"으응, 그건……한나야, 내가 너희들을 입양했다고세상은 달라지진 않아. 하지만 너의 세상은 달라진단다."

아빠는 몇 년 전 출장 중 세상을 떠나고 말았습니다. 이제는 엄마 혼자서 아이들을 뒷바라지하고 있습니다. 한나네 소식이 궁금해 이웃집에 사는 엄마가 찾아왔습니다. 이웃집 엄마도 두 명의 아이들을 입양해 돌보고 있습니다. 한나 엄마가 이웃집 엄마에게 이렇게 말했습니다.

"저 아이들이 없더라면 나는 왠지 살 수 없을 것 같아요. 이 아이들이 내게 얼마나 큰 힘이 되는지 감사하고 있죠."

연예계 잉꼬 부부 신애라-차인표 부부

위 글에 등장하는 이웃집에 사는 엄마는 탤런트 신애라입니다. 신애라는 1969년 서울에서 태어났습니다. 신애라의 아버지와 어머니는 둘 다 서울대학교를 나왔습니다. 신애라는 유복한 가정에서 순탄하게 자랐습니다. 그녀는 1987년 드라마 사랑이 꽃피는 나무로 데뷔했습니다.

신애라가 주목받기 시작한 것은 1991년 방영된 MBC 주말 연속극 **사랑이 뭐길래**에서 여주인공 박지은하희라 분의 여동생인 박정은 역을 맡고 나서부터였습니다. 그녀는 이 연속극으로 뜨면서 톱스타의 반열에 올라서기 위한 토대를 마련하게 되었습니다. 두말할 것도 없이 그녀는 1990년대는 큰 인기를 구가했습니다.

신애라는 연예인으로서는 빨리 결혼한 편입니다. 26살에 결혼했으니까요. 그녀는 **사랑은 그대 품 안에**라는 TV드라마에 톱스타인 차인표와 함께 출연했습니다. 두 사람은 열애 끝에 1995년 결혼했습니다. 드라마에서 차인표는 이승연과 신애라 사이를 오락가락하다 결국엔 신애라에게 사랑을 고백하였는데, 이게 현실에서 딱 그대로 되었던 것입니다. 출중한 외모와 화려한 경력, 그리고 탄탄한 집안 배경을 가진 두 사람의 결혼은 큰 화제를 불러일으켰고, 계속해서 세간의 주목을 받았습니다.

두 선남선녀는 연예계 잉꼬 부부로 소문나 있습니다. 차인표에게는 어딜 가나 '애처가', '국민남편'이라는 애교 섞인 별명이 따라붙습니다. 이들 부부는 결혼한 지 3년 만에 아들을 낳았습니다. 이름은 정민. 그 정민이가 7살 되던 해인 2005년, 부부는 딸을 입양한 데 이어, 2007년에도 딸 하나를 더 입양했습니다.

큰 딸의 이름은 예은, 작은 딸의 이름은 예진입니다. 올해로 예은은 15살, 예진은 13살이 되었습니다. 예은은 생후 1개월 되던 때, 예진은 3개월 되던 때 입양했다고 합니다. 신애라는 입양한 아이들을 자기가 낳은 아들과 똑같이 대하고 똑같이 사랑합니다. 그녀는 입양한 아이들을 "가슴으로 낳았다."고 입버릇처럼 말합니다.

신애라는 중학교 3학년 때부터 교회를 다녔지만, 하나님을 인격적으로 만나게 된 것은 아들을 낳기 전인 29살 때였다고 합니다. 그녀는 릭 워렌 목사의 **목적이 이끄는 삶**을 읽고 인생의 바른 목적을 세웠다고 합니다. 그것은 부모에게 버림받은 아이들을 돌보는 것이었습니다. 그때부터 신-차 부부는 복지원을 출입하며 봉사활동을 시작했습니다.

인생과 세상에 대해 눈뜨기 시작하다

신-차 부부는 복지원의 아이들을 돌보면서 부모로부터 버림을 받고 가정이 없는 아이들을 위해 무언가를 해야겠다는 생각으로 가득 찼습니다. 그러던 중 한국컴패션으로부터 홍보대사를 제의받고 남편과 함께 필리핀에 비전 트립선교여행을 갔습니다.

그들은 그곳에서 인생에 대해, 세상에 대해 새롭게 눈을 뜨기 시작했습니다. 헐벗고 굶주린 수많은 어린이들을 보고 "네 이웃을 네 몸과 같이 사랑하라"는 예수님의 말씀이 마음속 깊은 울림으로 오게 되었다고 합니다. 신애라는 "그 아이들은 부모로부터 '버려진 아이들'이 아니라, 아이들을 낳은 생모가 낳을 수 없고 키울 수 없는 상황임에도 '끝까지 지켜낸 아이들'이다."고 말했습니다. 차인표는 훗날 "어린아이들의 맑은 눈에서 하나님의 사랑을 발견했다."고 말하며 눈시울을 붉혔습니다.

컴패션 활동을 하면서 이들 부부의 신앙은 급격히 성장했습니다. 부부관계는 전보다 훨씬 더 좋아지고,

가정은 몰라보게 변했습니다. 환타지 속 왕자와 공주 같은 부부는 동화의 세계에서 훌쩍 뛰어나와 땀 냄새가 코를 후비어 파고드는 아프리카 현실세계로 들어갔습니다. 그때부터 두 사람의 삶은 가뭄과 기아, 질병과 고통에 시달리는 아이들과 살을 부비는 인간 다큐멘터리가 펼쳐졌습니다.

신애라는 연기자로 살기보다는 '끝까지 지켜낸 아이들'을 위해 살기로 마음먹었습니다. 연기는 직업이지만 아이들을 돌보는 일은 소명이라고 생각했기 때문입니다. 그녀는 기독교 관점에서 입양을 어떻게 사회적으로 체계화·조직화할 것인지에 대해 골똘히 생각했습니다. 차인표는 그런 아내를 대견해하며 든든한 후원자가 되어주었습니다.

마침내 신애라는 2014년 미국으로 유학을 떠났습니다. "왜 그 나이에 힘든 공부를 하려고 미국에 갔느냐?"는 질문을 받으면, 그녀는 "한국에 돌아와 마땅히 사랑받지 못하는 아이들에게 가정을 찾아주는 일을 하고 싶어서요."라고 천연덕스럽게 대답하곤 합니다. 그녀는 캘리포니아에 있는 히즈대학교에서 교육학 석사와 박사과정을 마쳤습니다.

신애라의 삶은 역경과 고난으로 점철된 사람들의 삶과는 다릅니다. 그녀의 삶은 그녀 자신의 표현대로 '드라마틱한 반전 같은 이야기'는 없습니다. 그는 "내 삶은 하나님이 내 인생에 조금씩조금씩 개입하셔서 조금씩조금씩 변화되어, 어느덧 나는 사라지고 하나님께서 주인이 되셨다."고 고백합니다. 그는 하나님을 만나기 전 하나님은 그저 자신을 지켜주는 수호천사나 산타클로스쯤으로 여겼다고 합니다.

그러던 그가 참다운 신앙을 소유하게 된 것은 성경을 통독하게 되면서부터라고 밝혔습니다. 성경을 읽으며 그는 인생의 목적과 소명에 대해 끊임없이 질문하기 시작했습니다. 그리고 자기를 향하신 하나님의 목적을 깨달았습니다. 신애라는 사람들 앞에 나와서 자신의 삶을 이야기할 때면 이렇게 말합니다.

"하나님께서 저같이 부족한 사람에게 은혜를 베푸시어 제가 감히 '아버지'라고 부르게 해주시니 감사합니다."

두 아이를 입양한 것은 평생 최고의 감사

신애라는 말합니다. "인생은 무수히 크고 작은, 중요하고 사소한 것들에 대한 선택의 연속이며, 그 선택의 결과가 지금의 나다."라고.

"인생은 상황이 10%이고,

나머지 90%는 그 상황에 대한 반응,

즉 선택으로 이루어지지 않나 싶습니다."

한 아이의 세상을 바꾸는 입양도 선택이며, 신을 믿는 것도 선택이라는 것입니다. 그러면서 소명을 받은 사람은 선택에 적극적으로 반응하며 순종하는 사람이라고 말합니다. 신애라는 매 순간 선택이 얼마나 중요한지를 깨달은 사람같습니다. 그에게 선택은 감사와 긴밀히 연결되는 그 무엇입니다. 어느 공개석상에서 그는 이렇게 말했습니다.

"인생은 선택의 연속입니다. 감사하는 것도 선택입니다. 감사는 장미꽃처럼 가시가 있기에 선택하고 싶지는 않습니다. 그럼에도 우리는 감사를 선택해

야 합니다. 그것은 하나님이 우리에게 허락하신 축
복입니다."

신애라에게 가장 큰 행복은 자기가 입양한 예은이
와 예진이의 천진난만한 미소입니다. 그녀는 이렇게
고백합니다.

"인생의 마지막 순간 눈을 감기 전 내 인생을 돌아
보며 내가 과연 뭘 제일 잘 했을까 스스로 묻는다
면, '이 아이들의 미소를 지켜준 게 아닐까'라고 자
신 있게 대답할 것 같습니다. 아이들의 미소는 저
와 우리 가족과 이 아이들 스스로를 행복하게 해준
답니다. 아, 이게 감사가 아니고 무엇이겠습니까?"

신-차 부부의 매일 빠뜨릴 수 없는 기도는 "하나
님, 저희 부부에게 주어진 상황과 환경에 뼈저리게 감
사할 수 있는 마음을 늘 갖게 해주세요."라고 합니다.
마땅히 감사해야 할 것을 알고, 하루하루를 감사로 산
다는 신애라-차인표 부부. 매일 감사 노트에 감사한
것들을 기록해둔다는 가족들. 신-차 부부는 2010년
아이티 사람들이 지진 발생으로 고통을 받고 있었을

때 1억 원을 쾌척했습니다. 이들 부부는 또한 컴패션을 통해 전 세계 50명의 어린이들을 후원하고 있습니다. 이 부부의 선행과 기부 활동은 사랑이 메마른 이 시대의 귀감이 되고 있습니다.

신애라-차인표 부부에게 끊임없이 삶의 보람과 기쁨을 주는 힘은 무엇일까요? 그것은 바로 '감사'입니다. 신애라는 이 땅에서 사는 동안 가장 감사한 사건이 두 딸을 입양한 것이라고 말했지요. 언젠가 신애라는 많은 사람들 앞에서 이렇게 고백했습니다.

"하나님, 정말 감사합니다. 저는 정말 아무것도 잘 한 것도 없고 상 받을 자격도 없는데, 이렇게 예쁜 아이들을 입양케 해주셔서 너무너무 감사 드려요."

05

윤동윤

하루아침에
네 가족을 잃은
신혼 4년 차

재미교포

"그 전투기 조종사는 미국의 보물입니다. 그를 탓하지 않습니
다. 조종사도 사고를 막기 위해 최선을 다했을 것입니다. 그에
게 격한 감정은 없고 용서하고 싶습니다. 조종사가 고통에 시
달리지 않도록 기도해 주십시오. 저를 위해 기도해 주신 모든
분들께 감사드립니다."

샌디에고 민가에 추락한 전투기

2008년 12월 8일 월요일 대낮. 샌디에고에서 바라
보는 태평양은 햇살에 눈부시게 빛났습니다. 항공모
함. 샌디에고에서 약 60마일 떨어진 해상에서 한 항
공모함이 훈련 중이었습니다. 미 해군의 주력 핵 항공
모함인 에이브러햄 링컨이었습니다.

에이브러햄 링컨 호에 탑승한 미 해병대 소속 뉴바
우어 중위는 하늘을 바라보았습니다. 하늘은 맑고 날
씨는 쾌청해 비행하기에 좋은 날씨였습니다. 그날 뉴
바우어 중위에게 부여된 임무는 2인승 F/A-18D 호
넷을 몰고 항공모함 이착륙 훈련을 하는 것이었습니

다. 훈련에 참가한 전투기들 중에 F/A-18D 호넷은 뉴바우어 중위가 조종하는 전투기가 유일한 것이라서, 그는 여느 훈련 때보다 더욱 긴장하지 않을 수 없었습니다.

뉴바우어 중위는 전투기에 혼자 올라 이륙했습니다. '쒸-익'. 그때가 11시 11분이었습니다. 태평양 상공을 비행한 지 30분쯤 지나서였습니다. 뉴바우어 중위는 오른쪽 엔진이 작동이 되지 않는 것을 발견하고 긴급히 왼쪽 엔진에 전원을 공급하려고 했지만 여의치 않았습니다. 당황한 그는 기체 결함 사실을 본부에 보고했습니다.

중위는 본부의 지휘를 받아 미라마르 기지로 향해 비행했습니다. 전투기가 미라마르 기지를 향해 가려면 샌디에고 외곽 상공을 비행해야 합니다. 기지가 가까이 오면서 전투기는 샌디에고 주립대학이 있는 캐더 지역 상공을 비행했습니다. 그 무렵, 전투기는 전원이 이어졌다 끊어졌다 하며 몹시 불안정했습니다. 전투기의 고도가 낮아져 700m 상공의 구름을 뚫고 모습을 드러내기까지 엔진은 겨우 가동되고 있었습니다. 바로 그때였습니다. 전투기는 곧바로 좌우 두 개의 엔진이 전력을 잃더니 눈 깜짝할 사이 추락하기 시작했습니다. 그와 동시에 뉴바우어 중위는 전투기에서 탈출했습니다.

이날은 캐더 애비뉴의 쓰레기 수거일이었습니다. 날씨가 추워 주택의 창문들은 모두 잠겨 있었습니다. 전투기는 대학교 근처 주택가로 쏜살같이 떨어지면서 '쿠르릉' 소리를 냈습니다. 그러고는 키 큰 자카란다 나무를 스치면서 '찰싹찰싹' 소리를 내고는 민가를 덮쳤습니다. '꽝' 하는 커다란 폭발음과 함께 주택 두 채에 불길이 치솟았습니다. 한 집은 거주자들이 모두 외출해 다행이었습니다. 그러나 다른 한 집은 아기 두 명과 산모와 할머니 넷이 함께 있다가 참변을 당하고 말았습니다.

대낮에 날아든 참변 소식

윤동윤, 현재 나이 39세. 그는 아메리칸 드림을 이룬 중소사업가입니다. 퍼시픽 비치에 있는 커피숍과 다른 곳에 짭짤한 가게 몇 개를 운영하는 그는 교포들의 부러움을 샀습니다. 점심시간이 되었지만 이날 따라 그는 밥을 먹고 싶지 않아 커피숍의 푹신한 소파에 앉아 창밖을 내다보고 있었습니다. 활짝 웃는 아내의 얼굴이 맑고 파란 샌디에고의 하늘에 어른거렸습니다.

'아아, 고마운 사람, 영미'

동윤 씨는 아내가 그렇게 고마울 수가 없었습니다. 동윤 씨는 자기보다 앞서 미국으로 이민 온 형과 누나를 따라 미국에 왔습니다. 그때 18살이었고, 서울 올림픽이 열린 다음 해인 1989년이었습니다. 숫기가 없어 연애 한번 못해 본 그는 장가갈 '팔자'八字는 아니라고 생각했습니다. 그런 그가 장가를 가게 된 것은 한국에 잠시 방문했다가 친지들에게 떠밀려 한 아리따운 여인을 만났기 때문입니다. 그녀가 바로 나이가 동윤 씨보다 한 살 아래인 윤영미 씨입니다. 그때 한국에 갔기 망정이지 미국에만 있었더라면 평생 혼자 살았을지도 모른다는 생각에 '흐―유' 하며 늦총각인 자기를 받아준 아내가 그저 고맙기만 했습니다.

결혼과 함께 미국으로 온 영미 씨는 미국 간호사 자격증을 따서 호스피스 시설에서 일하면서 두 딸을 낳았습니다. 부부는 첫 아이의 이름을 하나님의 은혜로 낳았다고 해서 '하은'이라고 지어주었습니다. 생후 15개월인 하은이의 미국식 이름은 '그레이스'였습니다. 얼마 안 되어 둘째 딸도 낳았습니다. 둘째는 하나님의 영광을 위해 살라는 뜻으로 이름을 '하영'이라고 지어주었습니다. 생후 채 2개월이 안 되는 하영이의 미국식 이름은 '레이첼'이었습니다.

　　동윤 씨는 미국에 온 아내를 따라 교회에 출석한 후론 줄곧 신앙생활에 재미를 느꼈습니다. 영미 씨는 클레어몬트에 있는 한국연합감리교회에 출석하고 있었습니다. 동윤 씨는 어색하게 첫 선을 보던 날 "죄송하지만…혹시 교회를 다니세요?"라는 영미 씨의 물음에, 얼떨결에 "어? 아, 예…예, 앞으로 잘 나가겠습니다."라고 한 자신의 대답이 생각나며 피식 웃었습니다.

　　'아내의 헌신적인 사랑과 기도가 없더라면
　　나 같은 사람이 신앙을 가질 턱이 있나?'

생판 교회 문턱도 밟지 않을 것 같은 자기를 교회로 이끌어 신앙을 갖게 해준 아내가 생각할수록 고마웠습니다. 그런 달콤한 생각에 잠겨 있을 때였습니다. '따르릉' 하고 휴대폰 벨이 울렸습니다. 화면에 뜬 발신자는 옆집에 사는 일본 친구였습니다.

"브라더 윤, 놀라지 마세요. 방금 전 난데없이 비행기가 동윤 씨 집으로 추락했어요."
"아니, 뭐라고? 방금 뭐라고 했어요? 우리 집에 비행기가 떨어졌다고?"
"네, 그래요. 동윤 씨 집이 무너져 내리고 화염에 휩싸였어요."
"뭐라고요? 우리 집 사람과 아이들은요?"

동윤 씨는 자리에서 벌떡 일어났습니다. 하늘이 노래지고 정신이 아뜩해졌습니다.

"어이구, 하나님!"

동윤 씨는 아내에게 전화를 걸었습니다.

'제발 받아다오.'

수차례 발신음에도 아내는 휴대폰을 받지 않았습니다.

"이럴 수가? 어떻게 이런 일이?"

동윤 씨는 자택으로 급히 차를 몰았습니다. 그의 입에서는 절로 기도가 나왔습니다.

"오오, 하나님! 제 아내와 어린 딸들, 그리고 어머니는 괜찮겠죠? 안 돼요, 하나님! 지켜주십시오."

이윽고 사고현장에 도착했습니다. 자기 집과 옆에 있는 집이 폭삭 내려앉아 타다 남은 가재도구 몇 개와 비행기 잔해가 어지럽게 널려 있는 게 아니겠습니까. '아아, 하나님!' 동윤 씨는 흔적도 없이 날아가버린 자신의 집을 보는 순간 풀썩 주저앉고 말았습니다.

'이럴 수가!'

한눈에 봐도 식구들이 틀림없이 다 폭발로 죽은 것 같아 보였습니다. 경찰은 세 구의 시신을 수습하였다고 말했습니다.

'바로 몇 시간 전 본 가족들이
마지막 모습이 될 줄이야'

동윤 씨는 "안 돼! 이러면 안 돼!"하며 오열했습니다. 하은 양의 시신은 이날 오후 마지막으로 수습됐습니다.

전투기 조종사를 사랑으로 용서하다

다음 날 동윤 씨는 사고 현장에 또 나갔습니다. 한 발자국도 뗄 수 없이 슬픔이 몰려왔지만, 무거운 십자가를 메고 골고다 산성을 향해 올라가시는 예수님이 생각 나 입술을 지그시 깨물었습니다. CNN 등 많은 기자들이 사고 현장에 몰려와 기자회견을 요청했습니다. 동윤 씨는 눈물을 흘리며 이렇게 말했습니다. 그는 슬픔을 이겨내느라 중간중간 말이 끊겼지만, 또박

또박 이렇게 말했습니다.

"어제는……너무 떨려서 기자 여러분들과 어떤 말
도 나누지 못했던 것을 죄송하게 생각합니다……
그리고……제 가족의 시신을 모두 찾아준 분들께
진심으로 감사드립니다."

한 기자가 물었습니다.

"조종사가 밉지 않습니까?
만나볼 의향이 있습니까?"

그러자 동윤 씨는 방금 전보다 낭랑한 목소리로 대
답했습니다.

"그 전투기 조종사는 미국의 보물입니다. 그를 탓
하지 않습니다. 조종사도 사고를 막기 위해 최선을
다했을 것입니다. 그에게 격한 감정은 없고 용서하
고 싶습니다. 조종사가 고통에 시달리지 않도록 기
도해 주십시오. 저를 위해 기도해 주신 모든 분들
께 감사드립니다."

이 말이 뉴스로 전해지면서 미국 사회 전체가 감동했습니다. 고국인 한국에서도 감동했습니다. 미국 전역에서 수백 통의 격려와 위로의 전보들이 왔고 위로금이 답지했습니다. 어떤 이는 당분간 살아갈 집을 제공하겠다고 하고, 또 어떤 이는 윤 씨 부부가 나가는 교회의 담장을 깨끗이 청소해 주었습니다. 사랑하는 가족들의 장례 예배를 드린 후, 윤동윤 씨는 담임 목사님과 성도들을 일일이 찾아가 감사를 표했습니다. 그는 인터뷰를 요청하는 많은 기자들에게 이렇게 말했습니다.

"도와주신 손길이 너무 많아 감사할 따름입니다. 그에 보답하기 위해 하루빨리 추스르고 힘을 내 일상으로 돌아가겠습니다."

'그래도 감사합니다'

윤동윤 씨는 많은 사람들이 정성껏 보내준 성금 전액을 아내가 생전에 매달 기부해 오던 어린이 재단과 기독단체에 보내 아내의 뜻을 이어가고 싶다고 밝혔습니다. 그러면서 환난을 당한 자기에게 사랑의 마음으로 격려와 위로를 보여준 분들에게 감사의 마음을 전하는 것을 잊지 않았습니다.

신앙심이 없는 사람들은 뜻밖의 환난을 입으면 액운을 당했다며 큰 비탄에 빠집니다. 그러나 믿는 사람들은 하나님이 환난 날에 피난처가 된다고 생각하기에 위로를 받고 새로운 소망을 갖지요. 윤동윤 씨가 그랬습니다. 윤동윤 씨에게는 단란한 가정이 천국생활이었습니다. 그는, 자기 같은 부족한 사람에게 천사 같은 아내와 자녀들을 선물로 주신 하나님께 진심으로 감사했습니다. 윤동윤 씨는 성탄절이 돌아오면 선물 수백 개를 준비해 주위 분들에게 선물했다고 합니다. 그와 함께 일하며 옆에서 지켜본 한 종업원은 슬픔의 눈물을 흘리며 이렇게 회고했습니다.

"미스터 윤은 내가 만난 사람들 가운데 가장 상냥한 몇 사람들 중 한 명이었습니다. 그는 결혼한 후로 삶이 달라졌습니다. 그는 내가 지금까지 만난 사람 중 가장 행복한 사람이었습니다."

하루아침에 온 가족을 잿더미 속에서 잃고도 사고를 낸 조종사를 비난하거나 원망하지 않고 용서하겠다는 윤동윤 씨의 마음은 아무나 가질 수 있는 것이 아닙니다. 그러한 마음은 사랑을 받아본 자만이 가질 수 있습니다. 그런 윤동윤 씨에게 마음 깊은 곳에서 우러난 응원을 보내고 싶습니다.

윤동윤 씨는 영원한 천국에서 사랑하는 아내와 아이들을 다시 볼 수 있다는 소망이 있기에 슬픔을 떨쳐 버리고 다시 일상으로 돌아갈 수 있었습니다. 바로 이게 기적이 아니고 무엇이겠습니까?

사망의 음침한 골짜기에 있을 때 인간은 누구나 고통합니다. 절규합니다. 그런 환경에서 감사하기란 말처럼 결코 쉽지 않습니다. 하지만 우리는 그래도 감사해야 합니다. 전혀 새로운 아름답고 찬란한 세계가 열리기 때문입니다.